花々の詩歌

日本近代文学館 編

青土社

花々の詩歌◉もくじ

第二部　春

第三部　初夏

第四部　夏

第五部　秋から冬へ

序

花々は私たちを魅了する。花々は時に可憐に、時に優美に、時に典雅に、時に豪奢に咲き誇って私たちを惹きつける。暁、かわたれどきから、真昼の光の中に、たそがれ、夕暮れて、闇に沈むまで、光の強弱にしたがって微妙な陰翳をおび、莟のふくらむ時期から花ひらき、満開となり、やがて散りはてるまで、また、季節の推移にしたがい、さまざまな花々を咲かせ、光が明るみ、また溢れる日々にも、梅雨や時雨の時期にも、厳しい寒さの中にも、それぞれに違った魅力で私たちを自然の神秘にいざない、私たちの心の明暗や喜怒哀楽にしたがって、私たちは花々に感慨を覚える。花々はまた、私たちの生の証しとして、私たちの眼前に現れ、私たちを私たちの生への省察にうながす。

こうして花々は私たちの繊細な感受性のかたちとして、また、私たちの生へのふかい想念のしるしとして、古代から現代にいたるまで、詩歌に結晶してきた。ことに近代詩歌においては、古典的な美意識を承継しながらも、そうした美意識にとらわれることなく、伝統的な社会の倫理から自由に、私たちの生活に根ざした、じつに豊饒な世界を開いてきた。

本書において、私たちは日本近代文学館の収蔵品から逸品を選び、また、新たに若干を揮毫していただいて、詩歌を収録して、お目にかけることとした。本書により、花々に寄せた詩歌の豊饒な世界に遊んでいただきたいと切望している。また、作者の筆跡、書体の個性に接することにも感興を覚えていただけるものと期待している。

本書は、夏目漱石の漢詩「日似三春永　心随野水空　牀頭花一片　閑落小眠中」(日は、三春に似て永く、心は野水に随って空し、牀頭花一片、閑に落つ小眠の中)に始まる。『思ひ出す事など』第三〇章の末尾に記された、いわゆる修善寺大患予後の時期にあたる明治四三年一〇月一日の作である。季節は秋なのに日は春のようにのどかに永く、心は野を自在に流れる水のようにこだわりがない。病床の枕元、しんと静かな真昼、うたたねのわずかな時間、花が一片落ちるのに気づく、といった意味であろう。この落花一片は病所の作者の自在な心を揺るがすか、どうか、微妙に働く存在としてとらえられているように思われる。

本書は林芙美子の色紙「花のいのちはみじかくて苦しきことのみ多かりき」で終わる。私たちの生の華やぎが花のようにみえても、じつは花の生命と同じく、ごく短い苦難の日々の連続だったのだ、という花に託した生涯の回顧を詠嘆した作品である。おそらく本書を読み終えた方々を厳粛な気分に誘うであろう。

詩歌の他、本書には、永井荷風の自画自賛の「梅」をはじめ、馬場孤蝶の自画自賛、芥川龍之介の絵、杉田久女の自画自賛、高村光太郎のデッサン、高見順のスケッチなど、また、所収本挿絵なども収め、さらに木下杢太郎『百花譜』、福永武彦『玩草亭百花譜』からの若干を絵画もお示ししている。これらには作家の余技の域を超えた作品が多い。これらを併せ見ることも感興をそそるであろう。

本書は、歌われた花々の季節によって五部に分類したが、分類は読者がお読みになるための便宜以上の意味はない。収録したすべての作品について鑑賞、解説はできないし、不必要とも思われるので、許される字数の限度で、各部の解説は私が特に注意を喚起したいと考えた作品の説明に限った。これらの私の鑑賞、解説は手引きにすぎない。私は読者がそれぞれ独自に鑑賞していただきたいと願っているし、鑑賞、解説していない作品にも当然多くの優れた作品があることをご承知ねがいたい。

なお、日本近代文学館の収蔵品は小説、評論が中心で、詩歌俳句、ことに現代の詩歌俳句の収蔵に乏しい。本書でも戦後の詩人、歌人、俳人、ことに戦後詩人の作品の収録がかなり貧しいことをお詫びしたい。私の個人的な希望としては五〇歳代、四〇歳代の現在活発に活動している歌人、俳人、詩人による、「花々の詩歌」現代版を展観し、本書と同様に刊行したいと切望しているが、はたして実現できるかどうか、覚束ない。

本書は二〇〇五年五月に日本近代文学館において開催した「花々の詩歌」展にもとづき、同展の展示作品に若干の作品を補足、充実させた資料で構成したものである。

二〇一三年一月

公益財団法人日本近代文学館
名誉館長　中村稔

＊表記は当該資料の通りとし、必要に応じて濁点等を補った。
制作年代や収載資料が明らかなものは、それを注記した。

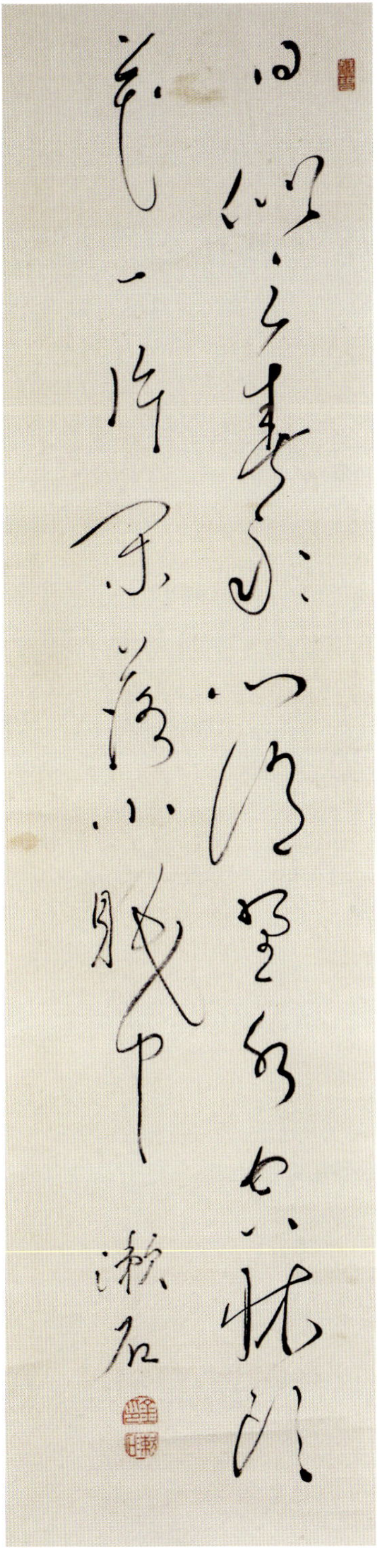

日似三春永　心随野水空　牀頭花一片　閑落小眠中　――夏目漱石

一三五・二×三二・四（㎝）／詩は一九一〇（明治四三）年一〇月一日作

人は病むものの為に裏の山に入って、此処彼処から手の届く幾茎の草花を折って来た。…彼等の採って来て呉れるものは色彩の極めて乏しい野生の秋草であった。…瓶に挿す草と花が次第に変わるうちに気節は漸く深い秋に入った。（「思ひ出す事など」より）

早春

第一部

第一部では、まず、自画自賛の永井荷風の「まだ咲かぬ梅に対する一人かな」にみる格調正しい作、室生犀星の「紅梅《うめ》生けるをみなの膝のうつくしき」「井戸端や墨の手洗ふ梅の花」に見られる文人俳句らしい着想による作、を挙げたい。これらに俳句のふかい味わいを感じる者には、金子兜太の「梅咲いて庭中に青鮫が来ている」という、意表を衝かれるであろう。この前衛的な作品は読者を心地よい境地に誘うよりも、むしろ意外な衝撃によって読者を未知の感興に導くのである。「手ずれたる銀の箔をば見るごとくまばらに光る猫柳かな」は精密な写生にもとづく抒情をうたった与謝野寛の作。これに対して「子を生みてうつろなひとみアネモネのむらさきいろよりさらに恋ほしき」の出産直後の妻に寄せるほのぼのとした愛情をアネモネに託した戦後歌人の作に新鮮さをみるであろう。同じ早春も詩人がうたえば「早春　雪ににじむみどりの地図　韻をふくむ南枝の花」のような自由なイメージの展開になることを示す深尾須磨子の作。「蛇いちごの実の赤く」咲き光る哀しさを歌った萩原朔太郎の「ソライロノハナ」の若き憂愁。その他の作にも見られるように、まことに多様多彩なこれらの俳句、短歌、現代詩から私たちはまた私たち自身の早春を発見するはずである。

としたてば春ぞまたゝる春たゝばまた鶯のこゑやまたれむ　——阪正臣書・画

一一三・五×三五・二（cm）／福寿草の絵に

墨梅　――夏目漱石 画

三四・二×三八・三（㎝）／
一九一六（大正五）年

同様の料紙に書かれた「蘭」「菊」「竹」が『図説漱石大観』に収録されており、いわゆる四君子のうちの一点と思われる

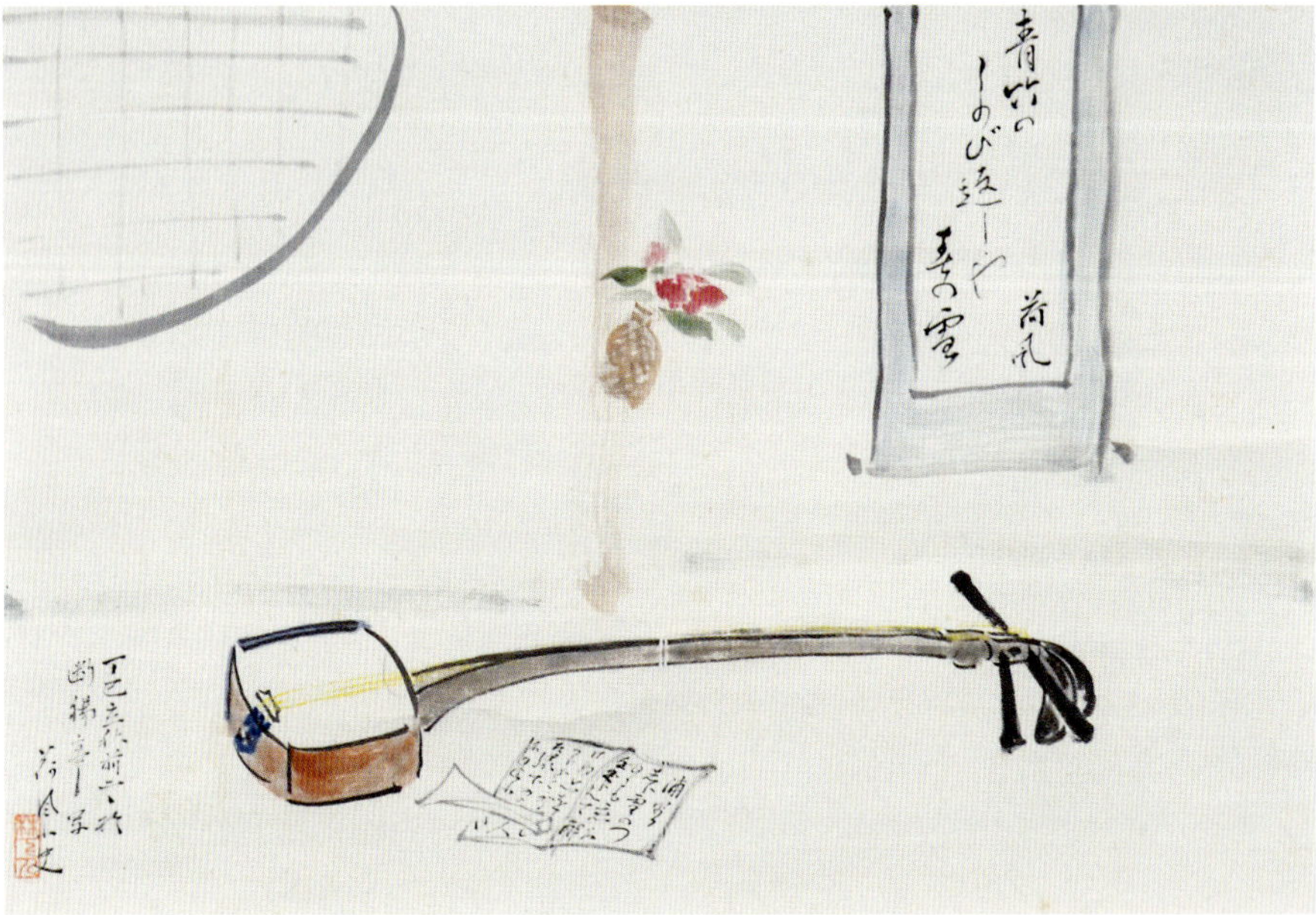
青竹の
しのび返しや
春の雪
荷風

青竹のしのび返しや春の雪

——永井荷風 書・画

三二・五×四七・七（cm）／
丁巳〔大正六＝一九一七年〕立秋前二日於断腸亭写
句は、「清元なにがしに贈る」として「自選荷風百句」
（『おもかげ』（一九三八〔昭和一三〕年）に収録

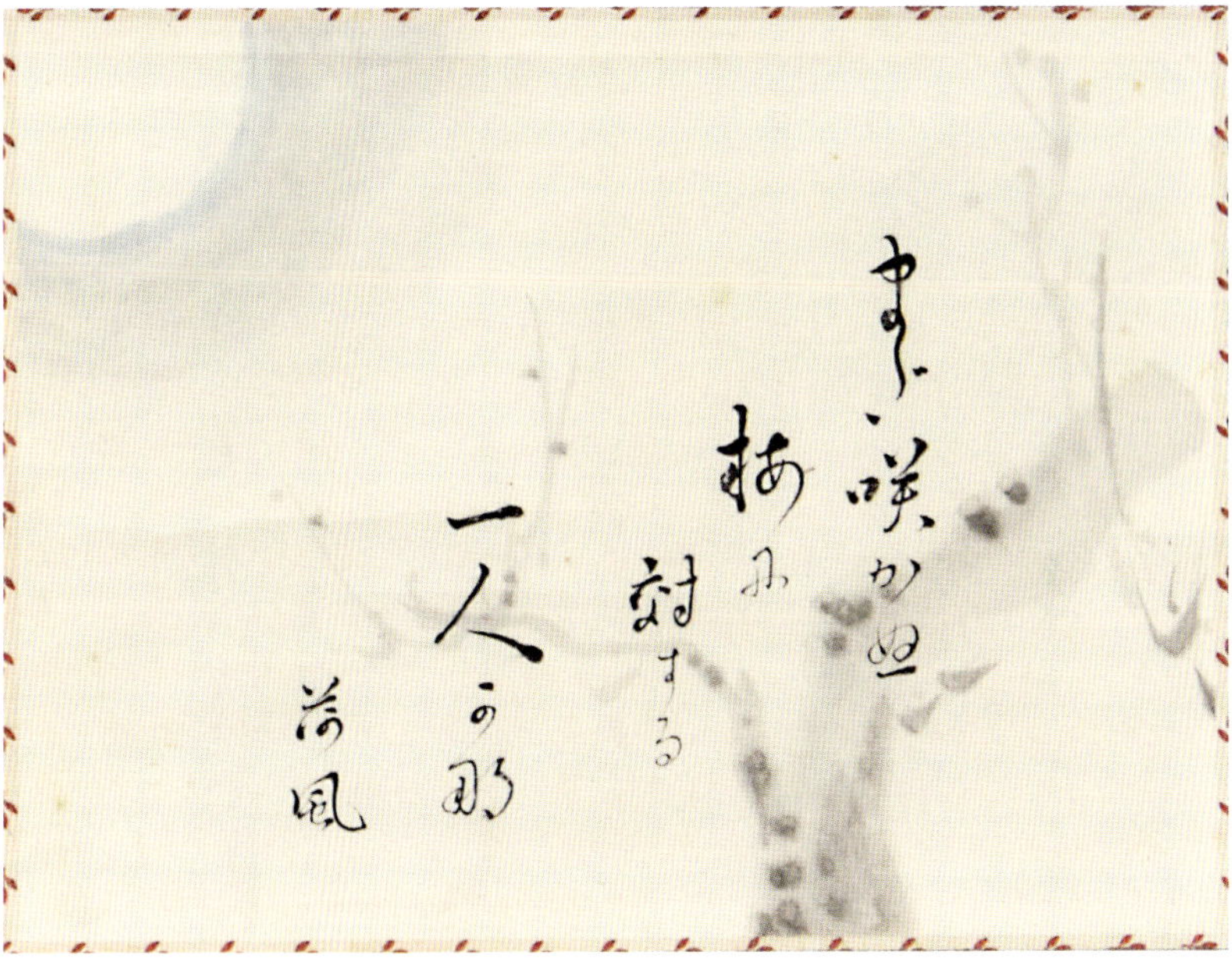

まだ咲かぬ梅に対する一人かな

——永井荷風 書・画

一七・五×二三・五（㎝）／「自選荷風百句」には、「まだ咲かぬ梅をながめて一人かな」とある

日本文学研究者のエドワード・G・サイデンステッカー氏が一九六二（昭和三七）年、一四年に及ぶ日本滞在を終えてアメリカに帰国したとき、川端康成から餞別として贈られたうちの一枚

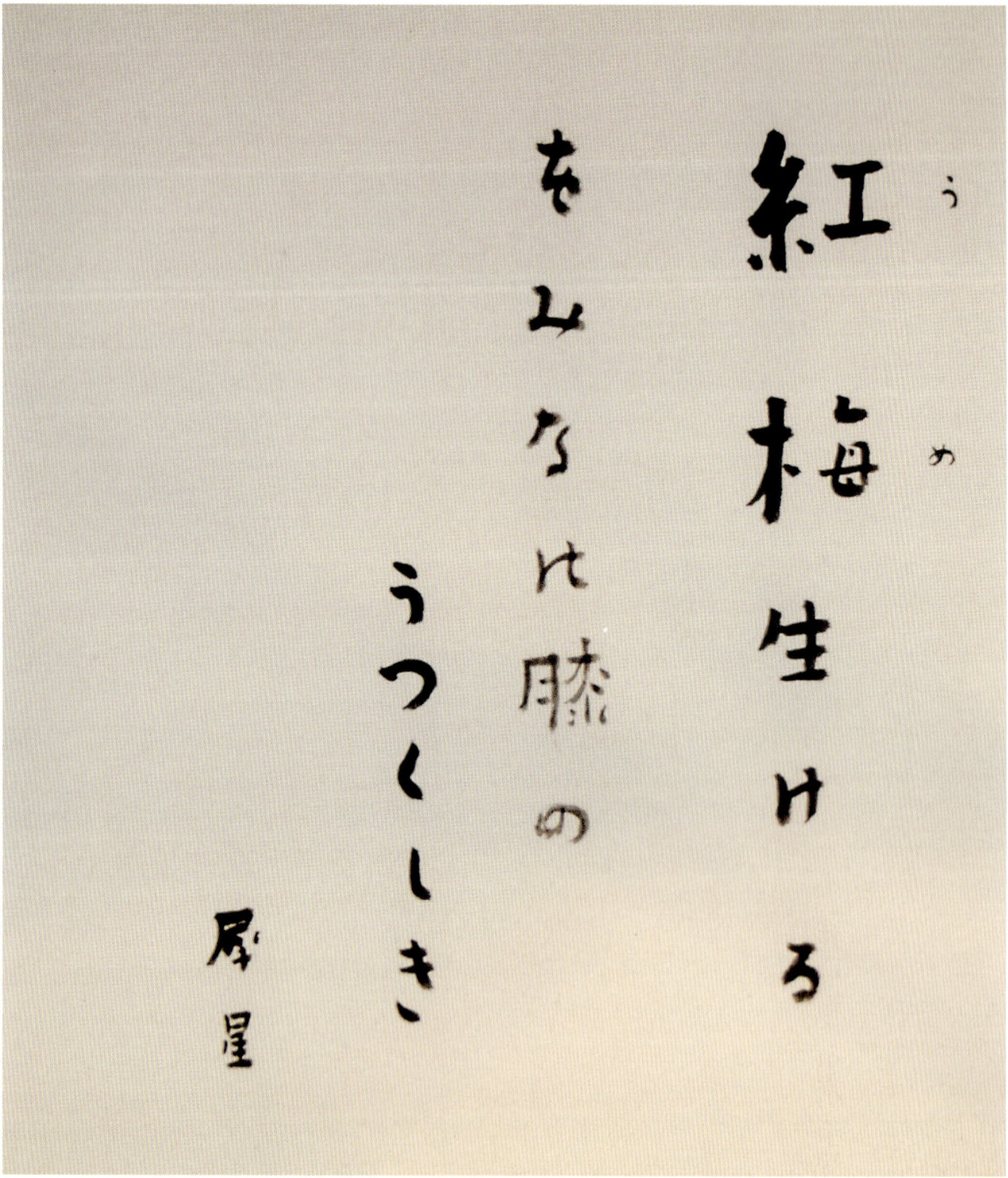

紅梅《うめ》生ける
をみなの膝の
うつくしき

――室生犀星

二七・〇×二四・一（㎝）／
『犀星発句集』（一九三五
［昭和一〇］年）より

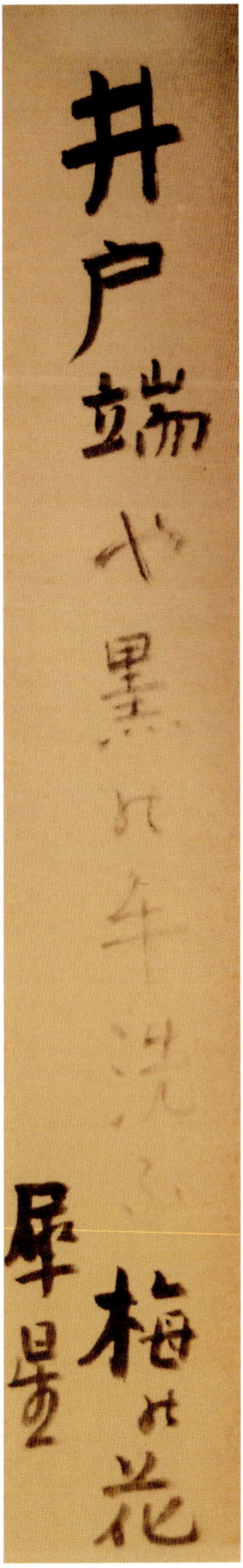

井戸端や墨の手洗ふ梅の花　——室生犀星

三六・一×六・一（㎝）

これと似た句に、「子供らや墨の手あらふ梅の花」（『犀星発句集』（前出）と「井戸端で茶碗すすげり梅の花」（『犀星発句集』一九四三［昭和一八］年）がある

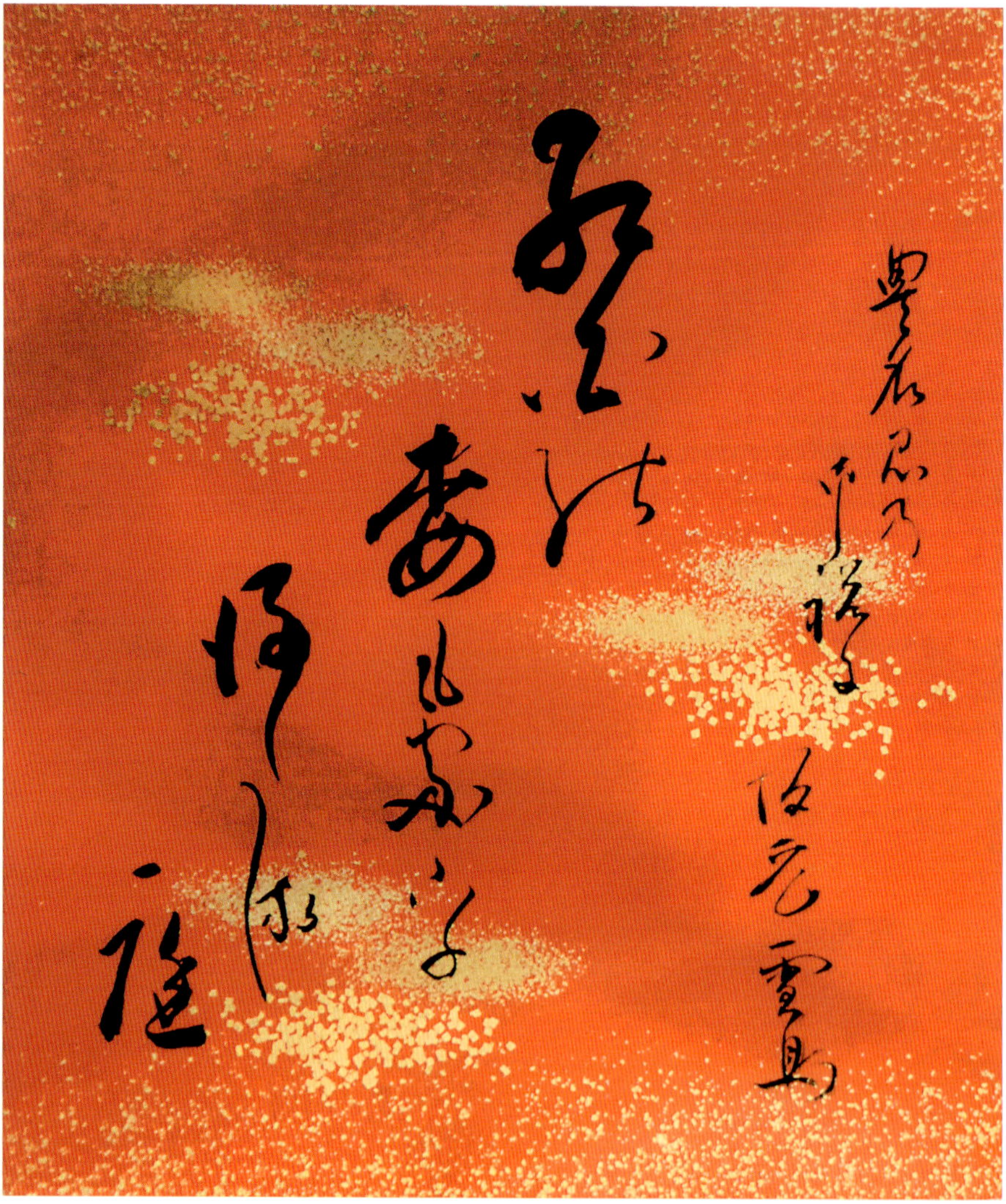

紅白の梅も
処を得たる庭
——坂元雪鳥
二一・一×一八・一（㎝）
／豊名君の御祝に

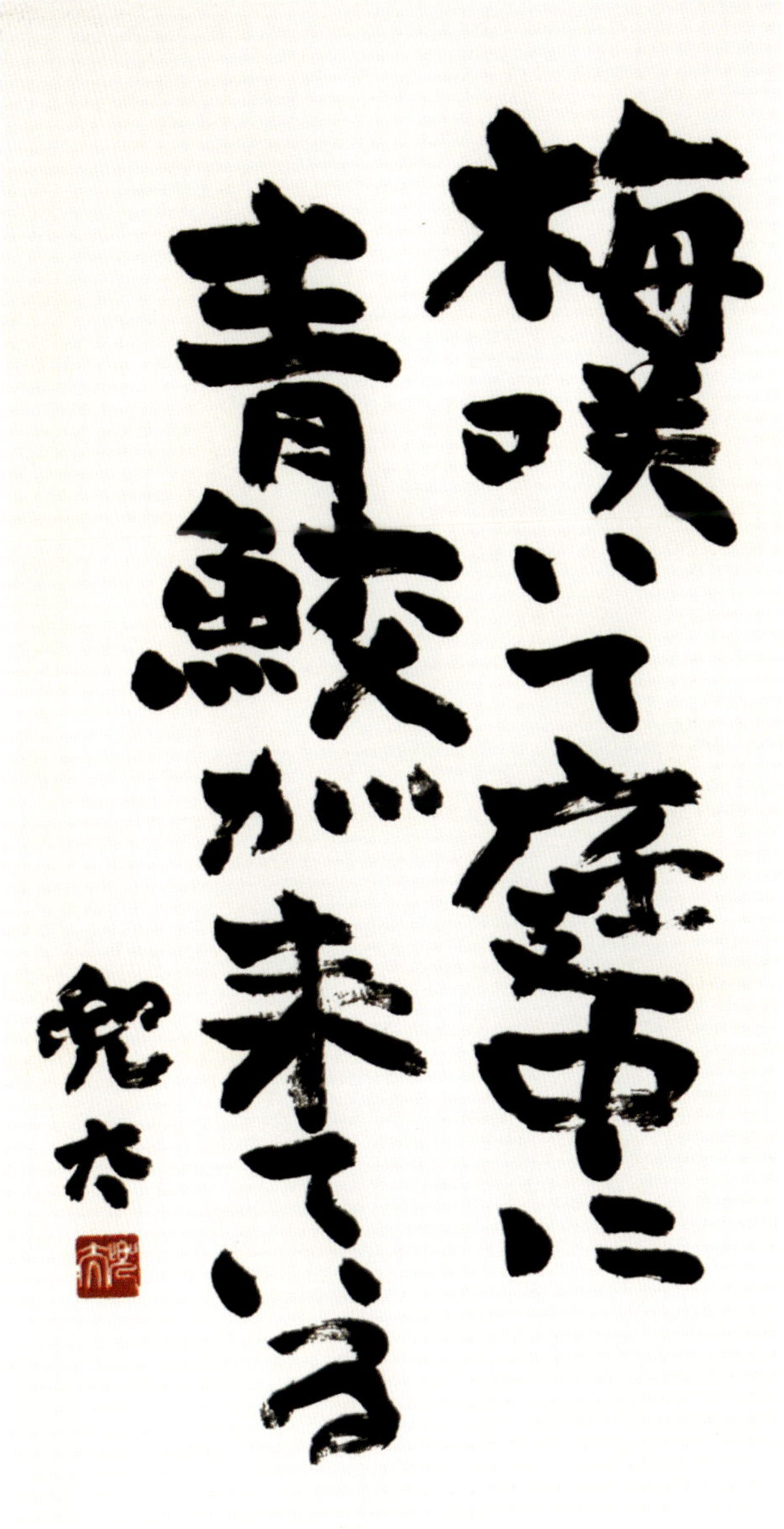

梅咲いて庭中に
青鮫が来ている
――金子兜太

六八・〇×三四・八（cm）
／『遊牧集』（一九八一
〔昭和五六〕年）より

「白梅が咲くと春と知る。…
気付くと庭は海底のような
青い空気に包まれていた。」
（『金子兜太自選自解九九句』）

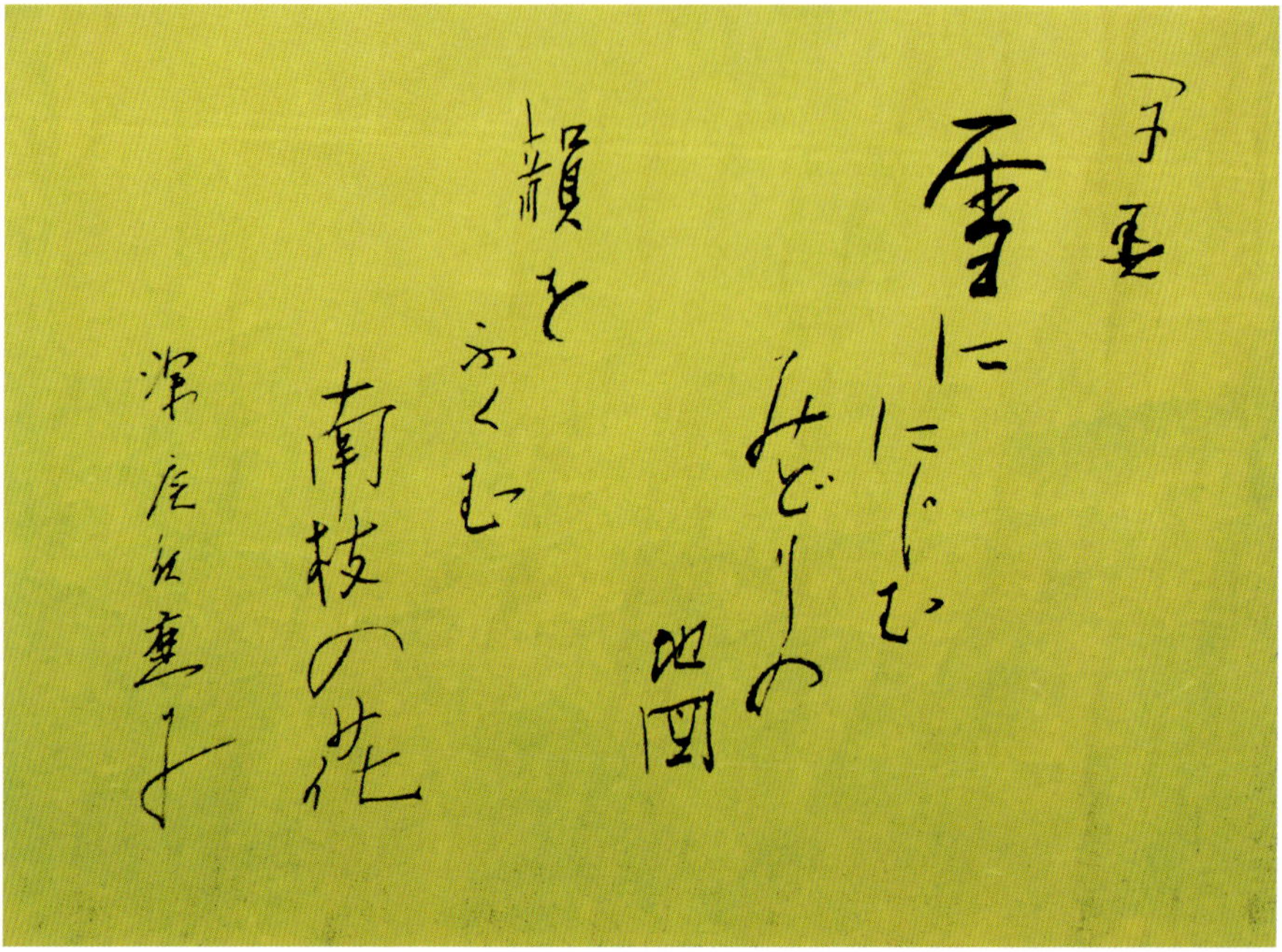

早春
雪ににじむみどりの地図
韻をふくむ南枝の花
——深尾須磨子
三三・二×四七・三（㎝）

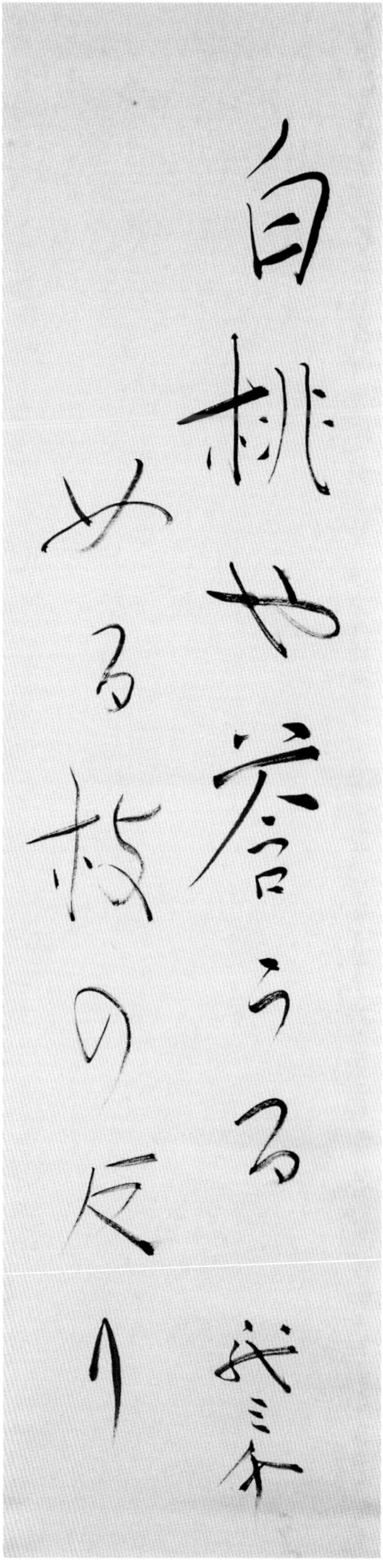

白桃や莟うるめる枝の反り　——芥川龍之介

一二六・五×三二・五（㎝）／
「座敷には妻の古雛を飾りぬ。書斎には唯高麗の壺に手づから剪りたるひと枝をさしつつ、」（「澄江堂句集」前書）
『梅・馬・鶯』（一九二六［大正一五］年）より

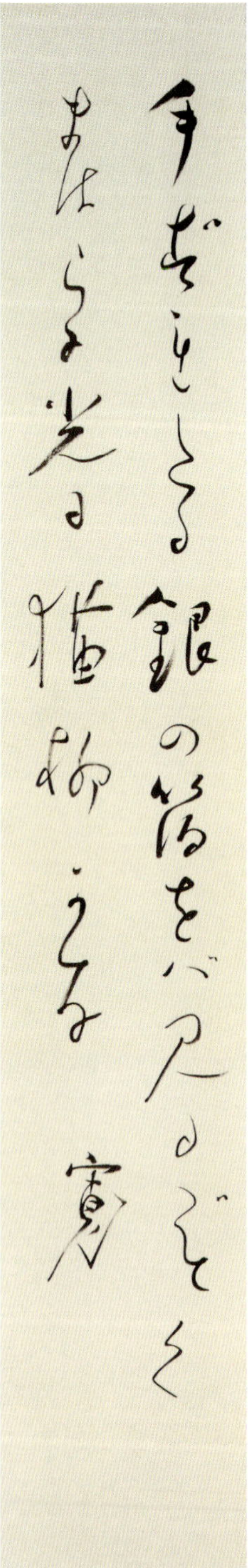

手ずれたる銀の箔をば見るごとくまばらに光る猫柳かな　——与謝野寛

一三一・七×二〇・四（㎝）／「明星」一九二三（大正一二）年一月に掲載

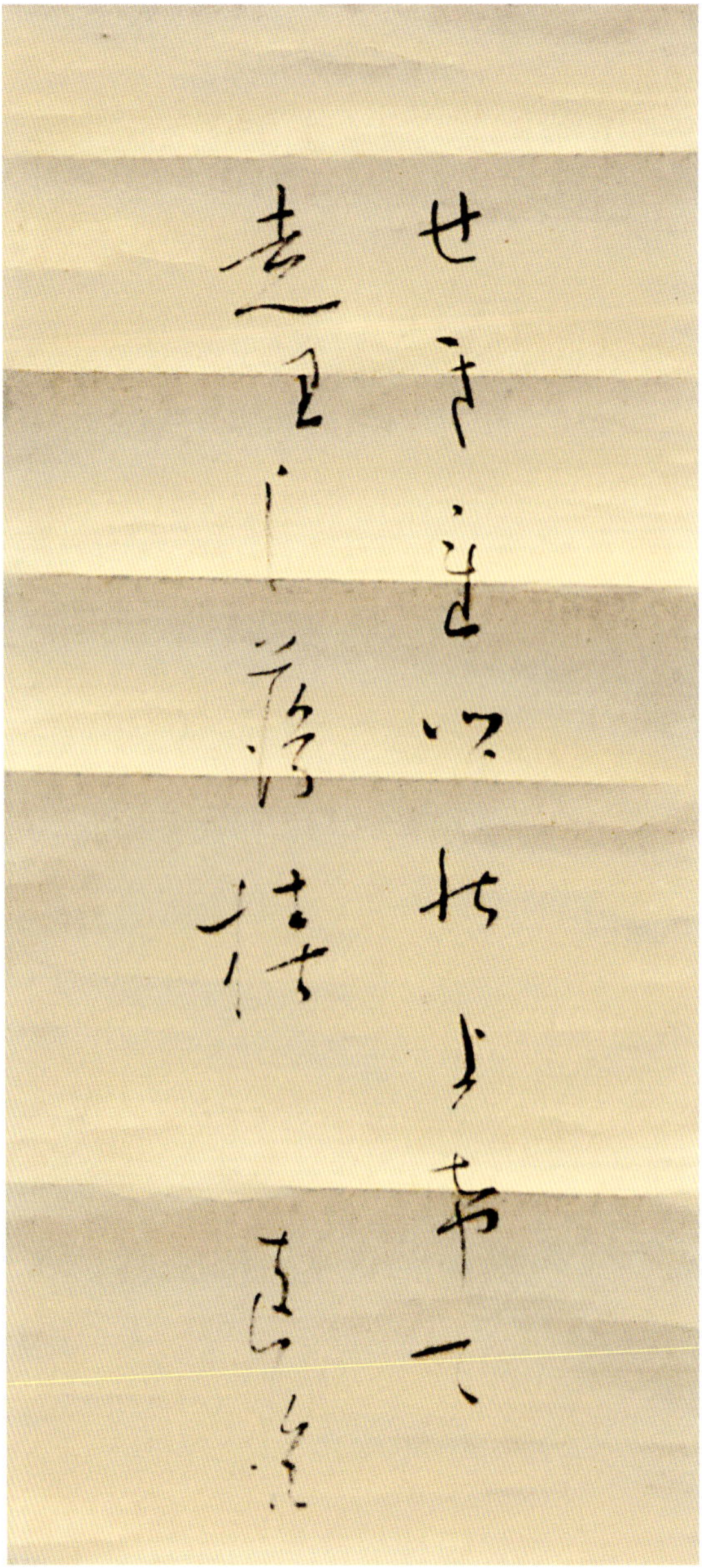
せきれいのよけて走りし落椿

せきれいのよけて走りし落椿　——三好達治

四一・〇×一九・五（㎝）／「路上百句」の巻頭句

『定本三好達治全詩集』（一九六二［昭和三七］年）より

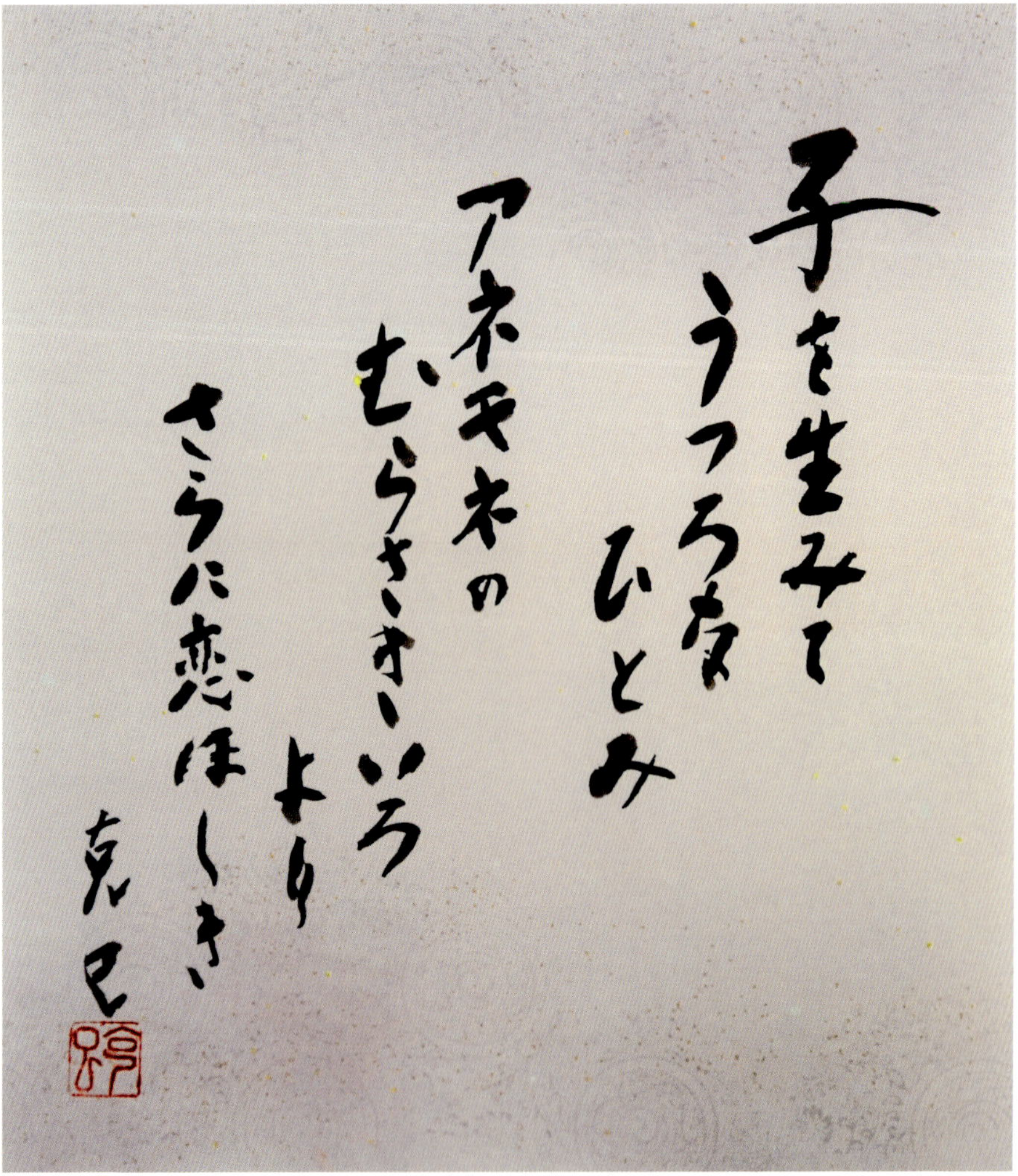

子を生みて
うつろなひとみ
アネモネの
むらさきいろより
さらに恋ほしき

——加藤克巳

二七・二×二四・〇（㎝）／
『エスプリの花』（一九五三
［昭和二八］年）より

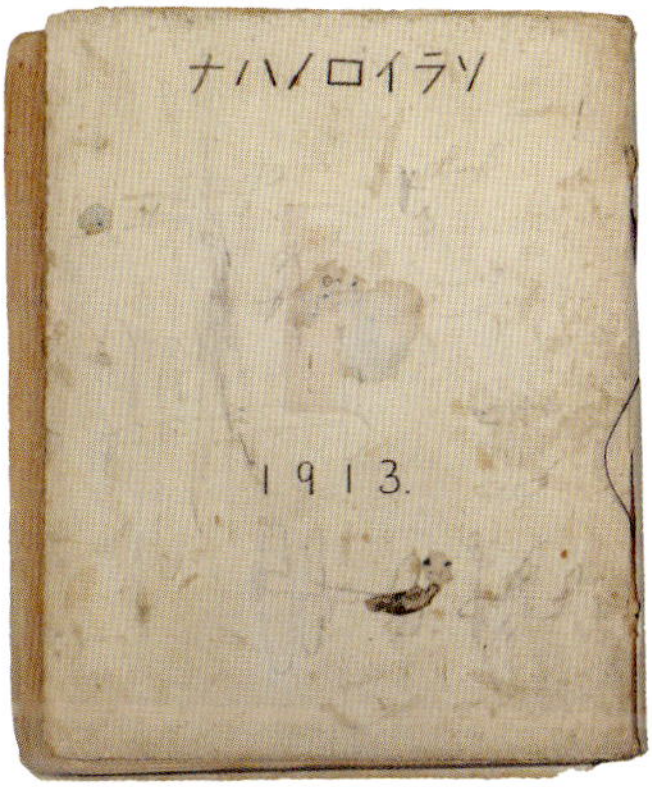

空いろの花

たはかれどきの薄らあかりと
空いろの花のわれの想ひを
たれ一人知るひともありやなしや
廃園の石垣にもたれて
わればかりものを思へば
まだ春あさき草のあはひに
蛇いちごの実の赤く
かくばかり咲き光る哀しさ

——萩原朔太郎

一四・七×一二・八（㎝）／自筆歌集「ソライロノハナ」（一九一三［大正二］年）より

四二〇首あまりの歌を書き、恋人に贈った手作りの歌集で、没後三五年の一九七七年に発見された

春

第二部

第二部の春の詩歌についていえば、わが国の古典では「花」と言えばサクラを意味した。だから、当然だが、サクラをうたった作品は多い。岡野弘彦「桜の花ふゝむ幾夜をほれぼれとをとめを恋ふるごとくをりにき」はまだ開ききれない、蕾の固いサクラの開花を待ちこがれて恋人を待つように幾夜過ごしたことか、といった感慨だが、「ほれぼれとをとめを恋ふるごとく」という譬喩がきわめて現代的で新鮮である。タンポポは古典では歌われなかった野草だが、北原白秋は「いつしかに春のなごりとなりにけり昆布ほしばのたんぽぽの花」と暮春の哀愁を歌い、壺井栄は「どこに散っても必ずそこに根を下しかぢかまぬ姿で花を咲かせるたんぽぽ」とその生命力を語る。大西民子の「ひといろに昏れて影なす苧環の花踏み分けて遁れ得べしや」は黄昏のオダマキの花の群れを踏み分けるように、この生活から逃れ去ることができるのか、と女性の宿命ともいうべき生の悲哀を痛切にうたった作である。芥川龍之介「花ちるやまぼしさうなる菊池寛」の「まぼし」は眩しいの意。友情を諧謔につつんだ好ましい作であり、芥川の才気を窺うに足る。その他に詩歌は見るべき作品が多いが、鑑賞はご覧くださる方々にお任せする。

●エッセイ

草や木の名前を知る人生

黒田杏子

子どもの頃の暮らしの中で、何よりも嬉しかったこと。それは植物の名前を知ることでした。草や木にその名で呼びかける嬉しさ。

一九四四年の十月、私は東京本郷の生家から、栃木県北部の小さな城下町黒羽《くろばね》に疎開をしました。本郷元町小学校三年生の兄がこの街の古刹常念寺に学童疎開をしていたので、母と六歳の私、三歳の妹、生後半年の弟の四人がこの町に移り住んだのでした。

「おくのほそ道」の旅で松尾芭蕉が十三泊も杖をとどめたこの町は清流那珂川が貫く静謐で美しい景観に恵まれていますが、その寒さは子どもごころにも厳しいものでした。木の葉がとめどもなく舞っていました。楓ばかりでなく、欅、楢櫟といった木々の黄葉が風に煽られいたるところに降り積もります。勿論、木の実も降ってきます。

この町の紅葉冷《もみじびえ》またなつかしき

という句を長らくこの黒羽町で開催されています芭蕉記念の俳句大会の選者吟として発表したこともあります。黒羽には五ヶ月余り住んだだけで、東京の家が空襲で焼失したため、県内の旧南那須村の父の生家に移りました。

三月に越してきて、四月に私はこの村の小学校に入学、片道一里、往復二里の通学路を小学校を卒業するまでの六年間歩き続けました。

何人かの村の子ども達と連れ立って学校に向うのですが、この通学時間こそ私の俳句人生の原点となった天与の道なのでした。

村を貫ぬく往還と呼ばれる土の道を三三五五歩いてゆくその途中、子ども達はすぐ道の脇にある田んぼに入ってゆきます。田の畔にはさまざまな草の芽がぎっしりと生えています。

「あっ、たんぽぽ。かえるっ葉」「芹、つくし」「ぺんぺん草、はこべ」「げんのしょうこ」「甘菜だ」……。一年生から六年生までの男女十名ほど。村の子たちは土手や田んぼのまわりの土を埋めている草や草の芽をひとつひとつ見つめてはその名前を叫び合って、互いにうなづき合い、よろこび合っているのです。私はといえば、その草の名をただのひとつも知らないのですから、まるで外国語がとび交う世界にまぎれこんだ異邦人のよう。しかし、身をかがめて、客間の絨毯のようにびっしりと土を埋め尽くす草の芽や草の花をじっと見つめているうちに、生まれてこの方（と言ってもたった六年ほどですが）こんなに美しい、見飽きることのないものに出合ったことはないと思えてきて、みんなが叫ぶその草の名とその草の芽や花の特徴を覚えようと、全身全霊を傾けている自分を感じていました。こんなに興奮したことも、眼と心がいきいきとしたこともありませんでした。あの野草の植生の見事さ、美しさに勝るものはないと、七十四歳になった現在も思うのです。今も眼をつむれば浮んでくるぞっくりと生え揃った畔草のみどり。

毎晩私は夢を見ました。田んぼの畦や土手が必ず登場します。私は夢の中で友達と同じようにいつかその草の名を唱えていました。入学してから十日ほど経ったでしょうか。ある家の門の脇に大きな木があって、その家の庭の井戸水は誰でも飲めるのでした。青竹で造った柄杓がいくつか置いてあって、子どもたちは「あゝ、うめえ」などと大人ぶった様子でその水を飲むのでした。

ある日の朝、それは信じられない光景が現出していました。きのうまで地味な木であったと思っていたその高い木の枝という枝にまるで魔法のように白い花がびっしりと咲き揃って朝の光の中でさざめくように輝いているのです。まるで神さまが魔法をかけたとしか思えない美事な木となっています。「こぶし、こぶし。こぶしが咲いた」。子どもたちはその木の下で両手を挙げて跳びはねています。それは辛夷という花の木なのでした。

その日の帰り道、こぶしの木の下に何枚かの花びらが落ちていました。かけ寄って拾った男の子が「いい匂いだ」とませた言い方でその細長い花びらを顔の前に持ってゆきました。私もそっと拾ってみました。それは驚くほどやさしく、甘くなつかしく切ない花の香りを立てていました。うっとりとしてしまいます。

一週間ほどしますと、その白い花はみんな往還の上に散らばって、黄ばんだり、茶色ぽくなっているのもありました。それでも拾ってみますと、かすかに甘い香りが残っています。やさしい香りも残っています。

梅や椿は父の生家の庭にありました。

しかし、木の花の不思議なかたちと手ざわり、魂が清められるような香りの魅力を子どもの私に教えてくれたのは辛夷、それも山辛夷と呼ばれる木でした。

私の父は開業医でしたが、落葉焚が好きでした。いろいろな木の落葉をよく一緒に焚いたのですが、朴落葉や水木落葉それぞれに固有の香りがあるので、そのブレンドが落葉焚のたのしみ。欅や柿や銀杏それぞれの落葉が炎の色も火の匂いも異るものを発するのだと父は教えてくれました。草や木の名前を正確に知ること。見分けられること。その豊かさを那須の疎開の村で存分に覚えたことが生涯俳句を詠み、選ぶ私を支えてくれています。

❊

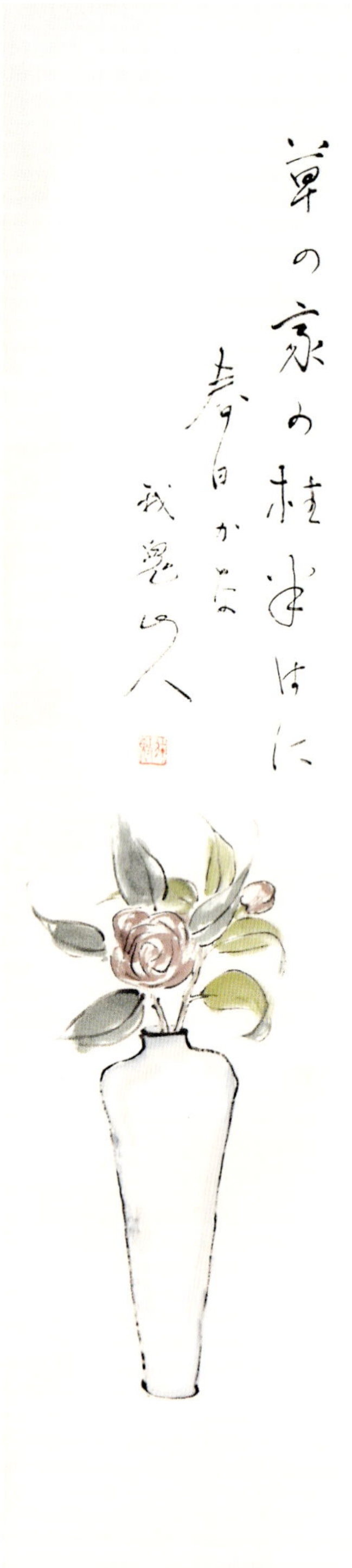
草の家の柱半ばに春日かな
我鬼山人

草の家の柱半ばに春日かな　——芥川龍之介書・画

一三八・一×三四・六（㎝）／『梅・馬・鶯』より

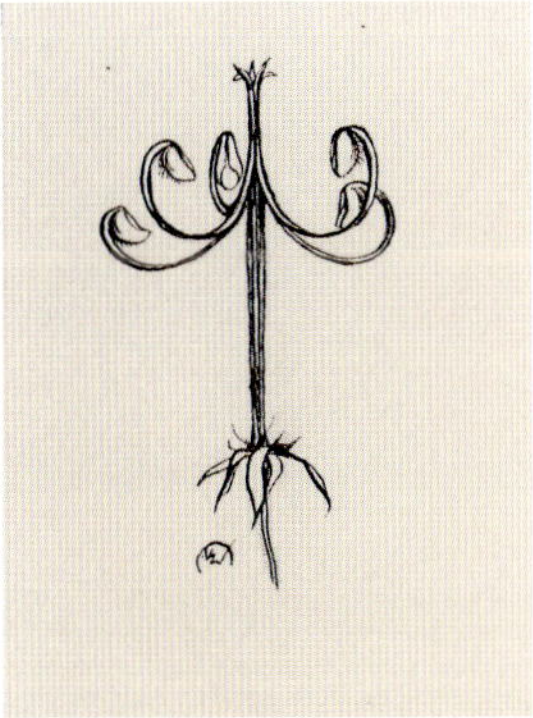
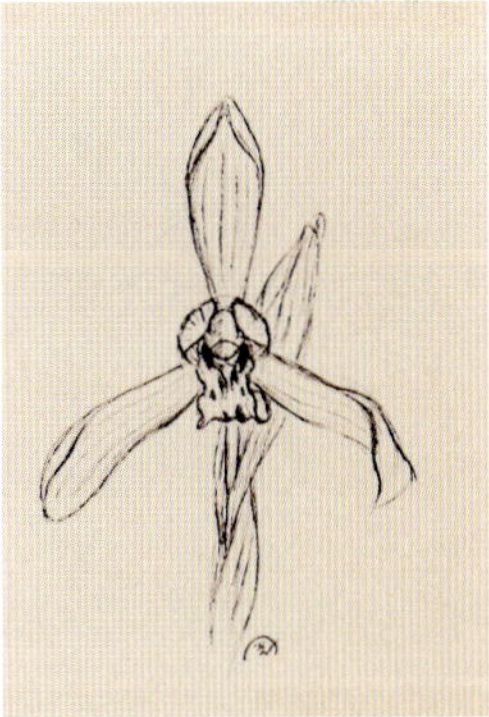

第二次「明星」扉絵
——高村光太郎 画

一三・三×九・一、一三・二×九・三、一二・〇×九・〇、九・一×一三・五（㎝）／右上から「つめ草」（一九二三［大正一二］年八月）、「春蘭」（同五月）、「げんのしょうこ」（同一月）、「落葉松の若芽」（同六月）

荒原に春来て草芽を生ず　石多くして花咲く能はず

——小川未明

三六・一×六・〇（㎝）

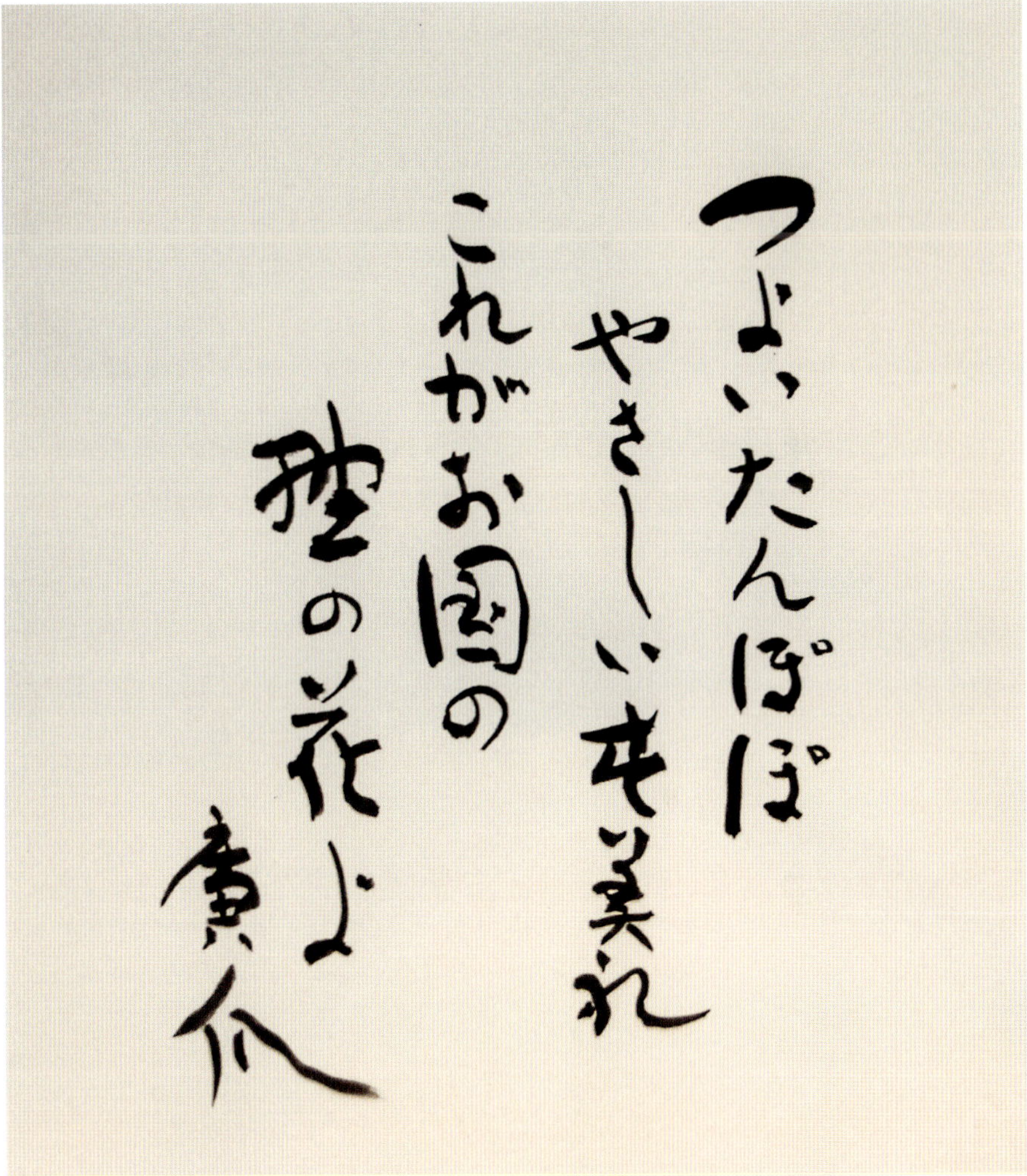

つよいたんぽぽ
やさしいすみれ
これがお国の
野の花よ
——浜田廣介
二七・一×二四・一（㎝）

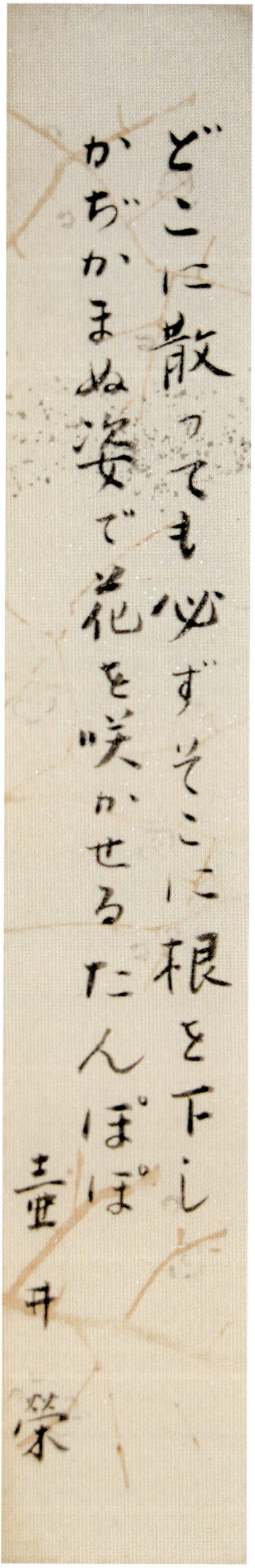
どこに散っても必ずそこに根を下し
かぢかまぬ姿で花を咲かせるたんぽぽ
壺井栄

どこに散っても必ずそこに根を下しかぢかまぬ姿で花を咲かせるたんぽぽ

――壺井栄

三六・一×六・〇（㎝）／『たんぽぽ』（一九四一［昭和一六］年）「あとがき」より

「この花のがまんづよさとひなびた美しさ」を作者は愛した（『私の花物語』）

復活祭

春の指が
すみれの鼓動を
さぐっている

——深尾須磨子

一八・〇×三二・七（㎝）／
一九六一（昭和三六）年

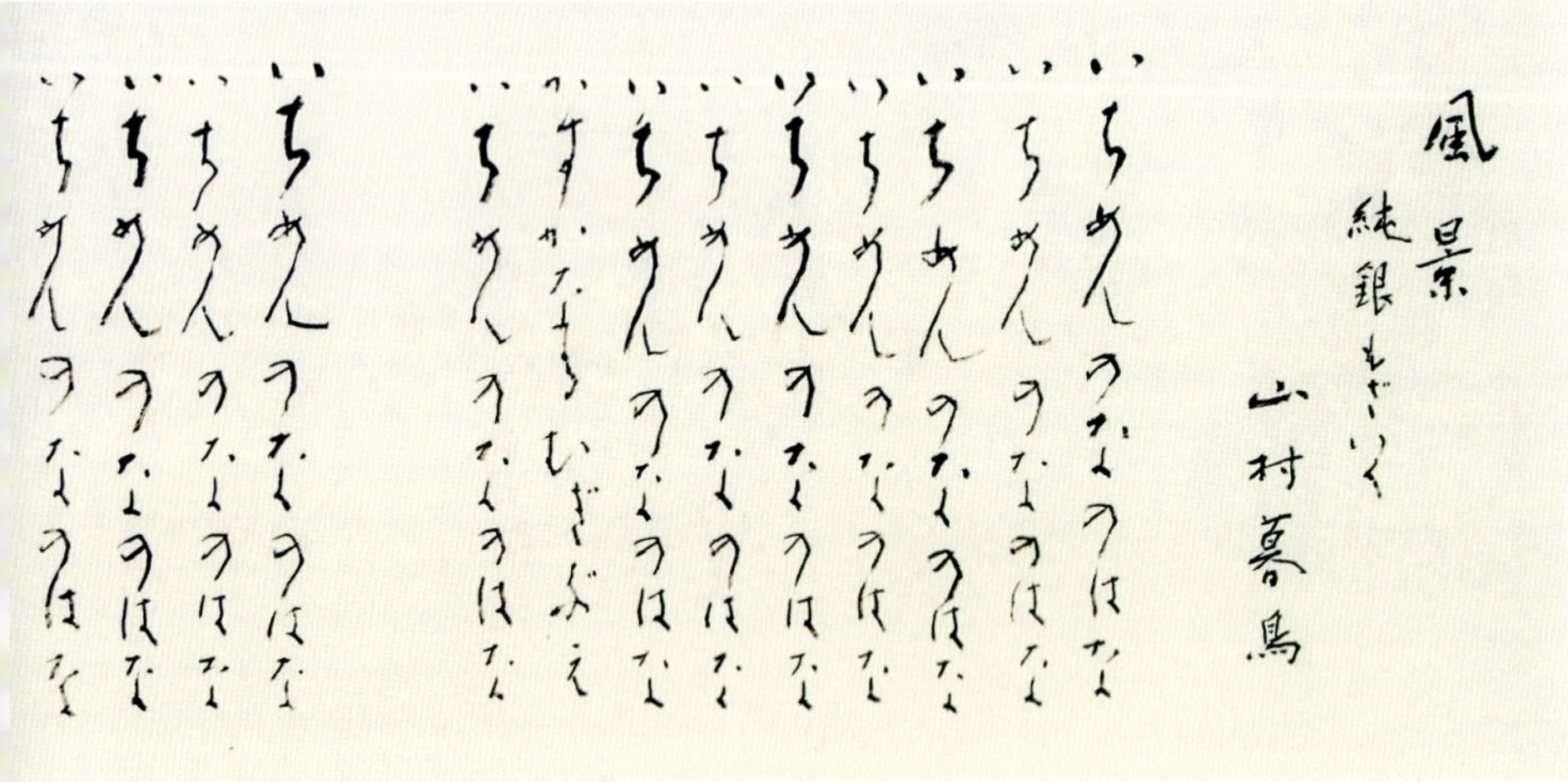

風景
純銀もざいく

山村暮鳥

いちめんのなのはな
いちめんのなのはな
いちめんのなのはな
いちめんのなのはな
いちめんのなのはな
いちめんのなのはな
いちめんのなのはな
かすかなるむぎぶえ
いちめんのなのはな

いちめんのなのはな
いちめんのなのはな
いちめんのなのはな
いちめんのなのはな

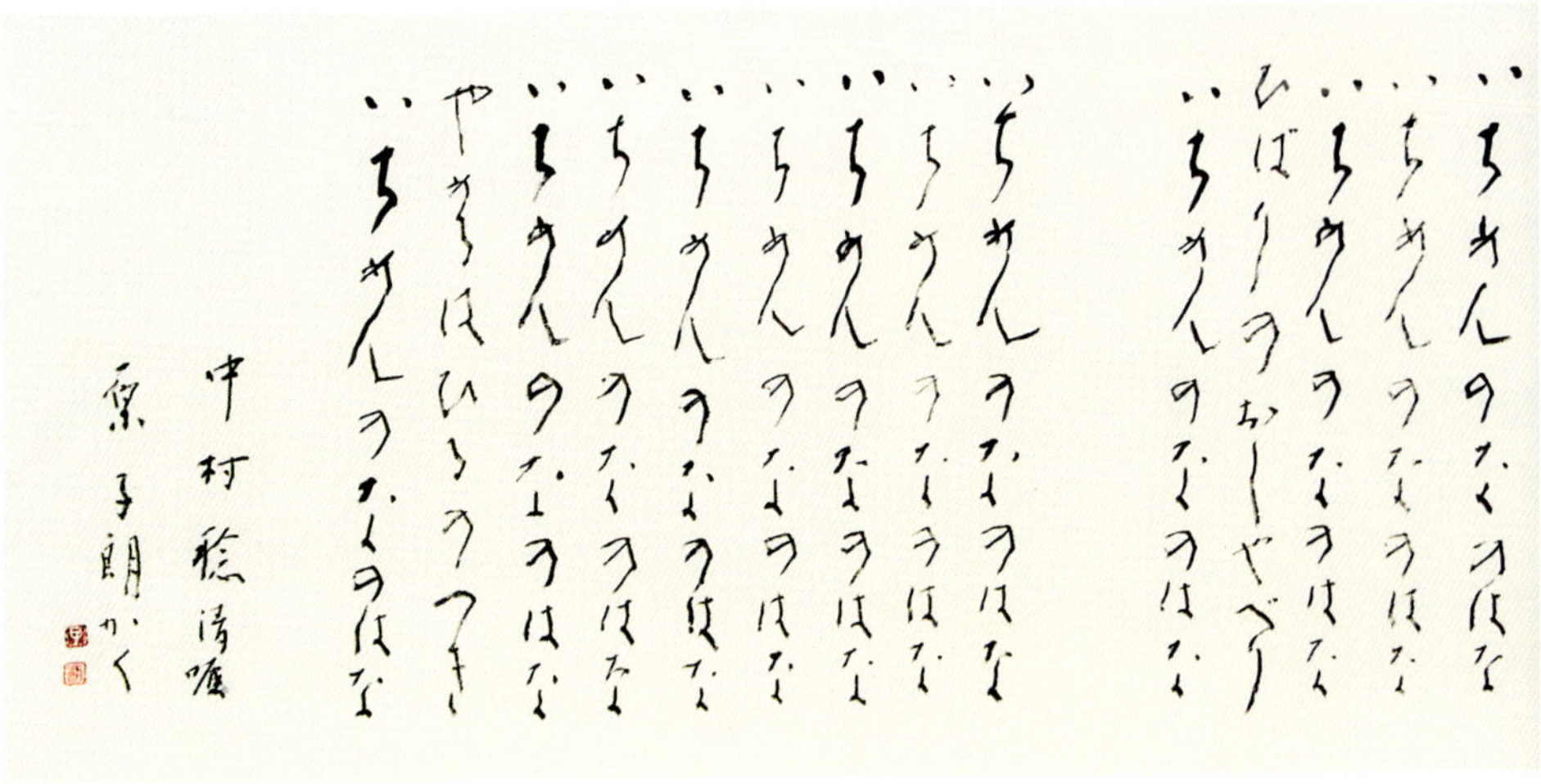

風景　純銀もざいく

——山村暮鳥 作／原子朗 書

三四・〇×一三四・〇（㎝）／

『聖三稜玻璃』（一九一五［大正四］年）より

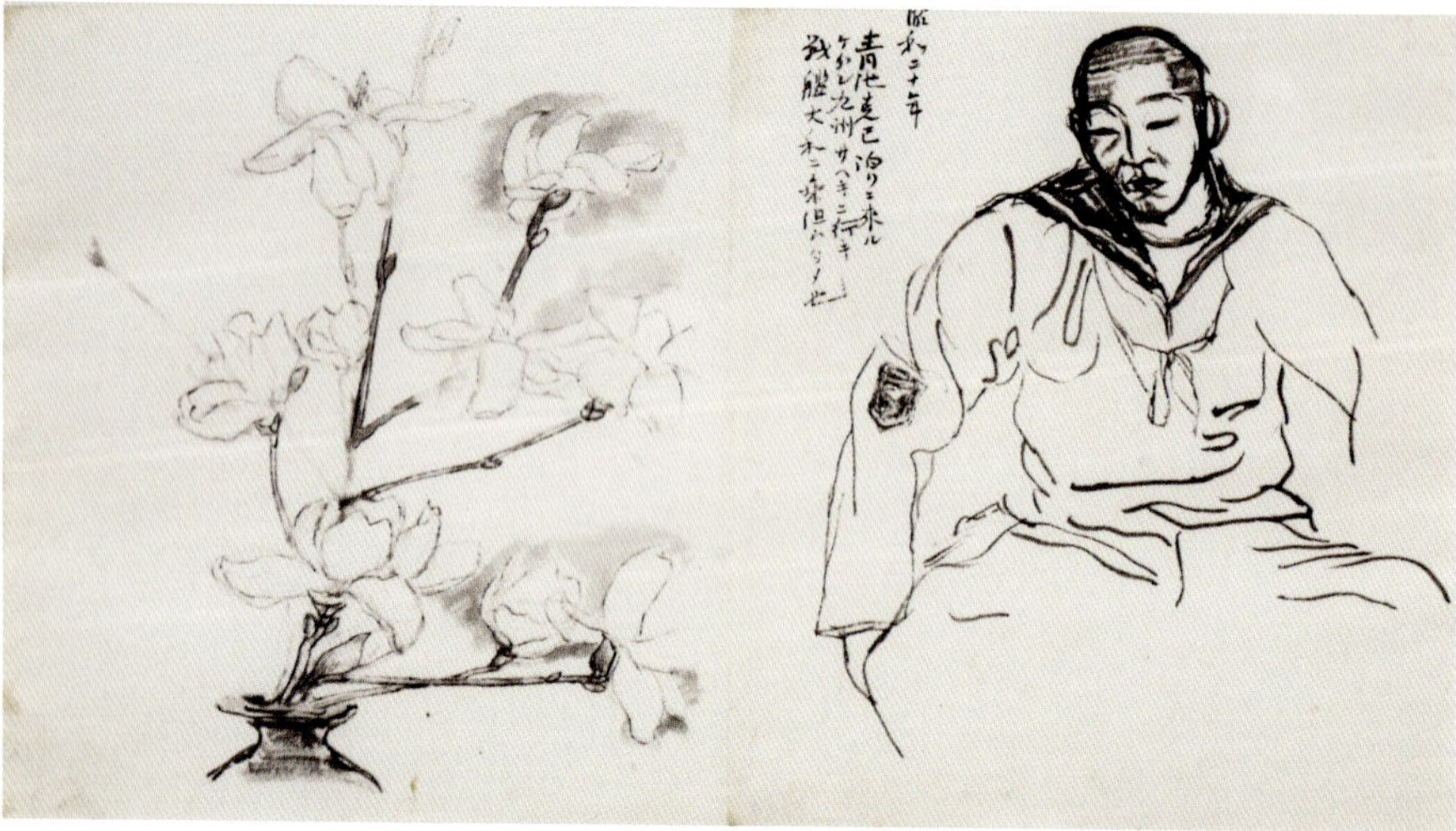

△はくもくれん

――中野重治画

二四・七×四五・五（㎝）／昭和一九（一九四四）年四月九日写（右ページの人物像は別の日に描かれたもの）

▽デンドロビウム・N《ノビレ》

――中野重治画

二五・〇×四五・五（㎝）／昭和一九（一九四四）年一月九日写

これらのスケッチは、官憲の厳しい監視下に置かれ、自由な執筆活動を封じられた日々に描かれた。『中野重治の画帖　付・娘への手紙と遺言状』（一九九五年）に収録

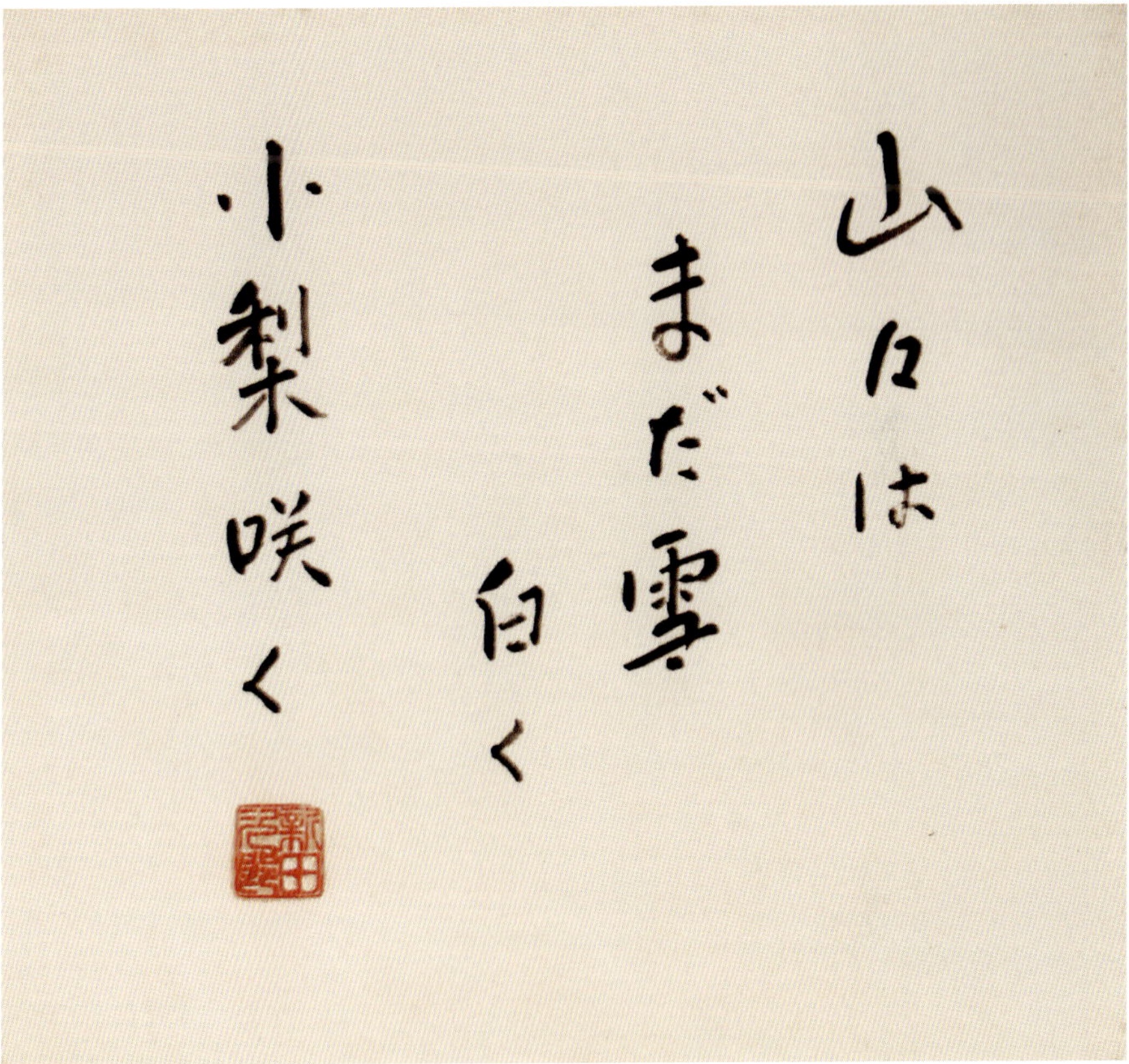
山々は
まだ雪
白く
小梨
咲く

山々はまだ雪白く
小梨咲く

——新田次郎

二四・二×二七・一（㎝）／
上高地小梨平にて
一九四九（昭和二四）年

山なみとほに

三好達治 作

山なみ遠に春はきて
こぶしの花は天上に
雲はかなたにかへれども
かへるべしらに越ゆる路

『定本三好達治全詩集』（一九六二［昭和三七］年）より

木下杢太郎 画「こぶし」
一九四四（昭和一九）年四月一〇日／
『百花譜百選』（一九八三［昭和五八］年）より

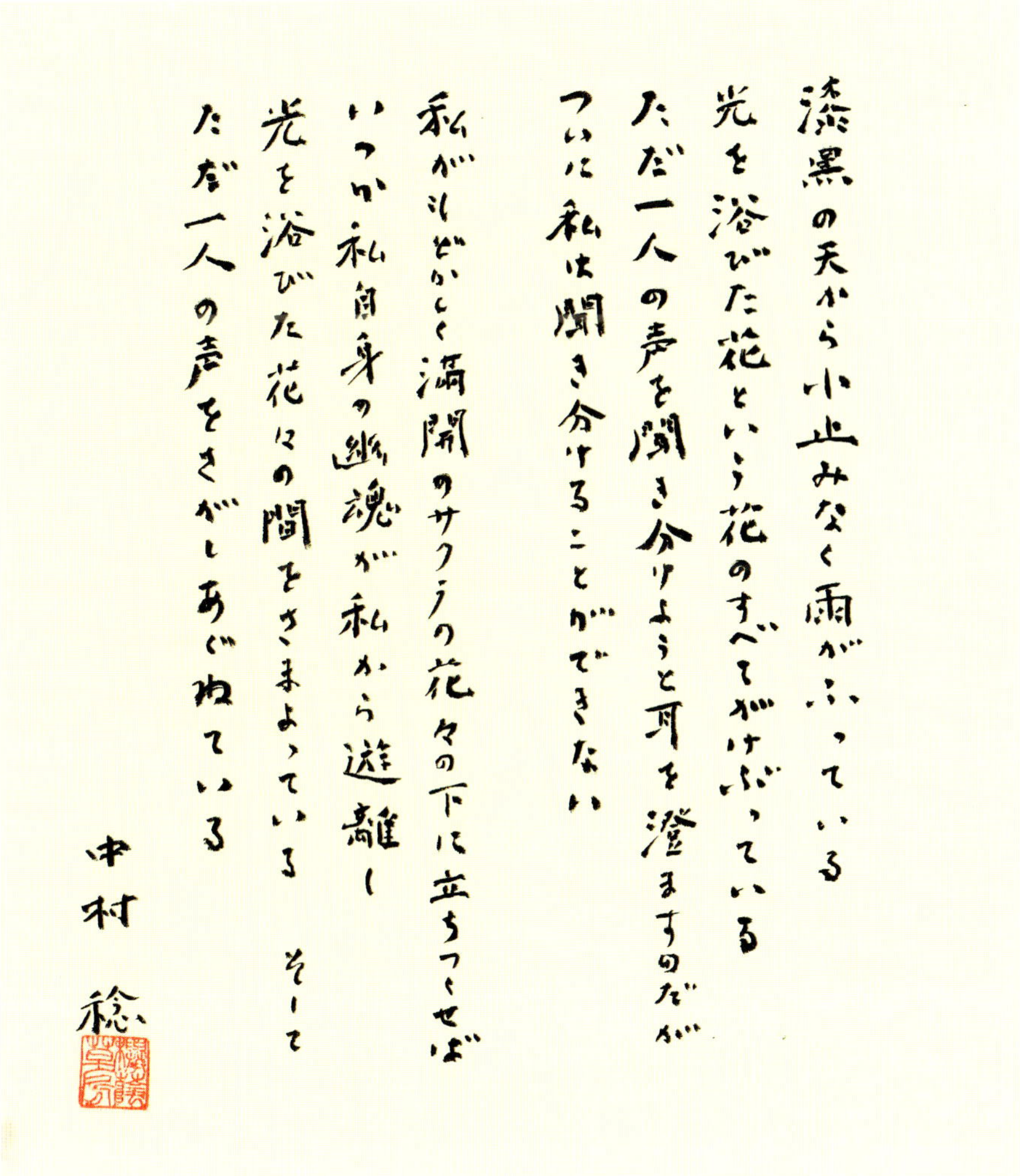

漆黒の天から小止みなく雨がふっている
光を浴びた花という花のすべてがけぶっている
ただ一人の声を聞き分けようと耳を澄ますのだが
ついに私は聞き分けることができない
私がもどかしく満開のサクラの花々の下に立ちつくせば
いつか私自身の幽魂が私から遊離し
光を浴びた花々の間をさまよっている　そして
ただ一人の声をさがしあぐねている
中村稔

満開のサクラに
降る雨の中で
——中村稔

二七・三×二四・二（㎝）／
二〇〇二［平成一四］年書。
『幻花抄』（二〇〇一年）、
『新輯幻花抄』（二〇〇二年）より

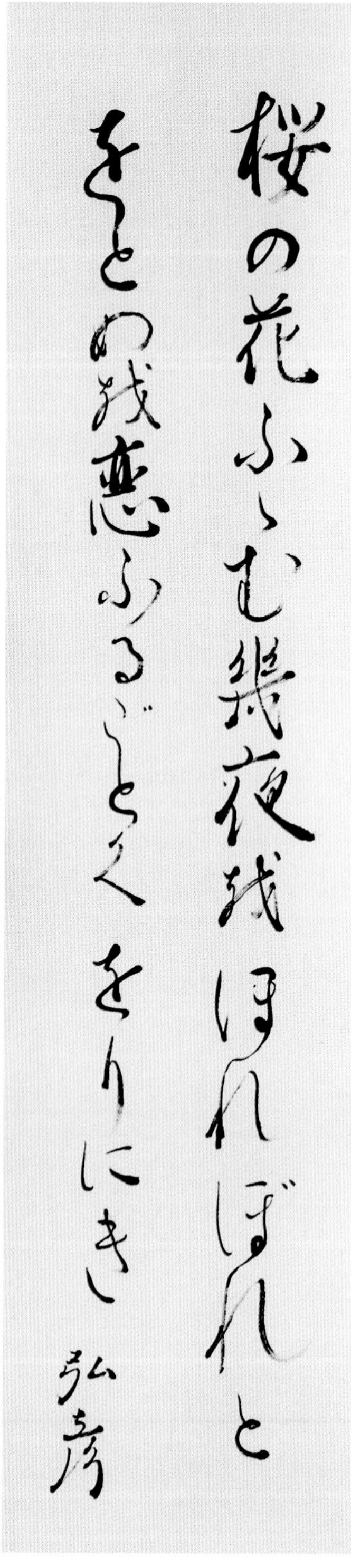

桜の花ふゝむ幾夜をほれぼれとをとめを恋ふるごとくをりにき　――岡野弘彦

一三七・六×三四・〇（㎝）／『海のまほろば』（一九七八［昭和五三］年）より

やまざとは桜吹雪に明暮れて花なき庭も花ぞちりしく　——谷崎潤一郎

三六・〇×六・二（㎝）／一九四四（昭和一九）年四月、熱海に疎開の折の作

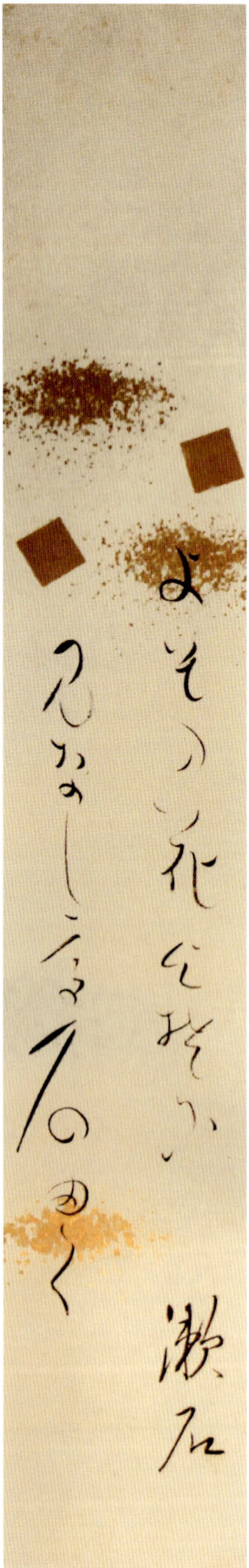

よその花よそに見なして雁のゆく　――夏目漱石

三五・九×五・九（㎝）／

「はるがすみ立つをみすててゆく雁は花なき里にすみやならへる」（「古今和歌集」伊勢）という古歌も思われる

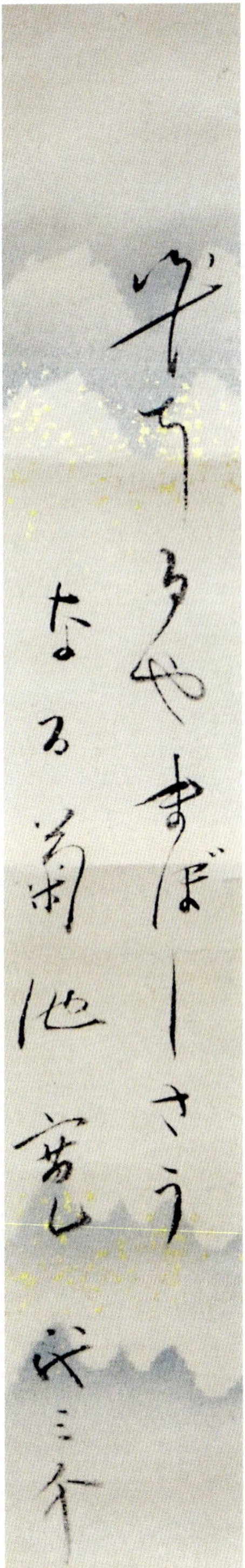

花ちるやまぼしさうなる菊池寛　——芥川龍之介

三五・〇×五・六（㎝）／菊池寛はこの句を気に入り、芥川龍之介あてのはがき（一九二三［大正一二］年八月二〇日）に、「名吟と存上候」と書き送っている

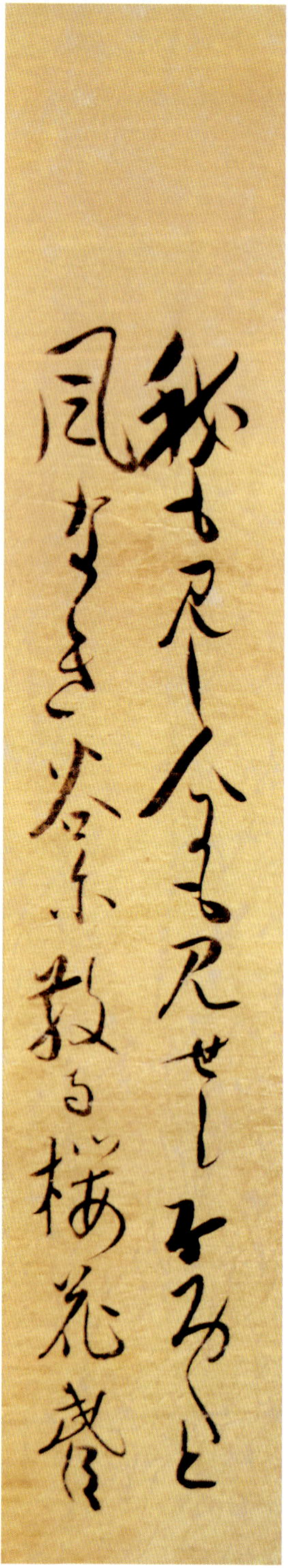

我も見し人にも見せしほろほろと風なき谷に散る桜花

——有島武郎

三六・一×六・二（㎝）

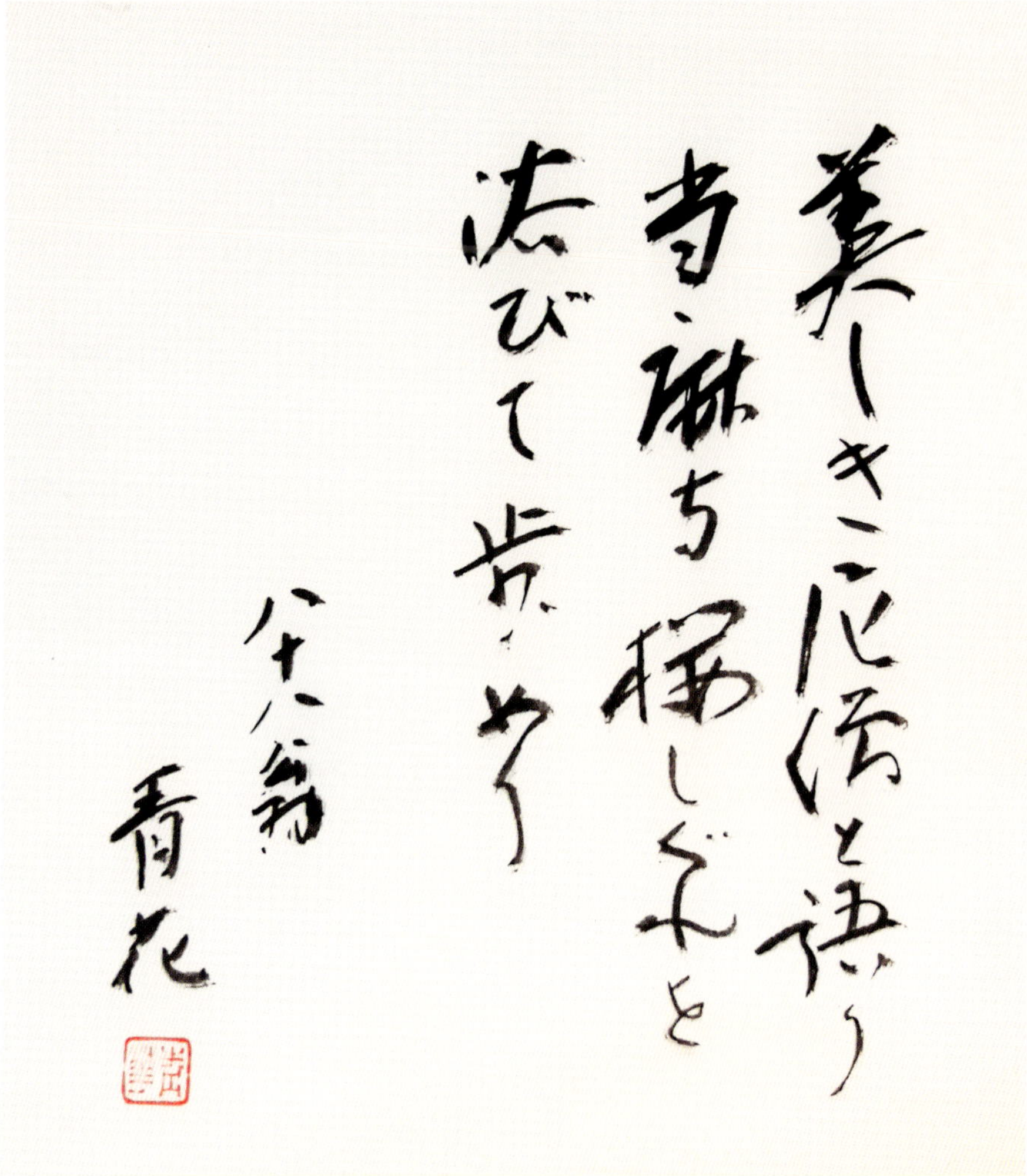

美しき尼僧と語り
当麻寺桜しぐれを
浴びて歩めり

——渋沢青花

二七・二×二四・一（㎝）／
一九六七（昭和四二）年作
『枯葉一つ』（一九七九［昭和
五四］年）では「しぐれ」が
「吹雪」となっている

●エッセイ

梅の歌・桜の歌

佐佐木幸綱

梅と桜、なんといってもこの二つが、日本の「花の詩歌史」における二大スターである。古典の時代から、作歌するものはだれもみな、梅の歌、桜の歌で秀歌をものしたいとねがってきた。現代でも変わらない。

梅と桜は、古典詩歌史の中ではまったく別の歌われ方をしてきた。梅は里の木であり庭の木だった。一方、桜は山の木であった。

梅はちょうど『万葉集』の時代に中国から渡来した木である。舶来の高価な木だったから、貴族たちがステータスのある庭木として好んで庭に植えた。最初は白梅である。『万葉集』巻五に収録された天平二（七三〇）年の「梅花の宴」の歌が有名である。当時、大宰府長官として現在の福岡県太宰府市に赴任していた大伴旅人邸で開かれたこの宴に集まった三十二人が、満開の梅の花をたたえる歌を作っている。中の二首を引用する。

梅の花今盛りなり思ふどちかざしにしてな今盛りなり　　筑後守葛井大夫《ふぢゐのだいぶ》

わが園に梅の花散るひさかたの天より雪の流れ来るかも　大宰帥《だざいのそち》大伴旅人

華やかな宴席の明るい空気がしのばれるような歌だ。席者ではみな、折り取った白梅の枝を、かんざしのように頭にさして宴席に列なったのだった。

時代がくだって平安朝時代になると、広く庭木として普及し、ますます梅の歌は多くなる。あたらしい歌い方も開発される。たとえば花の香をうたう歌。目の世界ではない香りで存在感をしめす梅。夜の梅の歌が作られるようになる。

私自身も作歌するようになって、当然のこと、梅と桜の歌を意識的にうたってきた。これは伝統詩の宿命だが、すでに多くの名作がある題材はうたいにくい。梅の香に焦点を合わせた夜の梅は今ではもう歌えない。虎屋の羊羹「夜の梅」を連想されてしまったりする。

わが家には紅梅と白梅が一本ずつある。この二本を私はけっこう可愛がっていて、もう三十年近く、毎年春が来るとかならず梅の歌をつくってやることにしている。花どき以外の梅の歌も作る。たとえばこんな歌を作った。先行作とバッティングしないための工夫を読みとっていただけるとうれしい。

目覚めゆく梅、はじめての純白の花咲かせたり驚きのごとく　夏の鏡

戦わぬ男淋しも昼の陽にぼうっと立っている夏の梅　火を運ぶ

古典の時代、桜は山の木だった。旅の歌に桜がよく出てくるのは、旅人たちが山道を歩くことが多

かったからである。

もろともにあはれと思へ山桜花よりほかに知るひともなく　僧正行尊

「百人一首」に入っているこの歌は、深山での厳しい修行を行う作者が、思いがけずひとり咲いている山桜に出遇ったときの感慨をうたっている。だれも訪れることのない深い山の奥で、桜と人、二つの孤独が遭遇したときの心の波紋が表現された歌として人気が高い一首である。

現在では、桜は、公園の木、校庭の木、並木の木といったイメージだから、山の木といってもぴんとこないかもしれない。しかし、ふだんは気づかないが、現在でも日本中の山どこでもものすごい数の桜がある。四月上旬に飛行機に乗るとよく分かる。山岳地帯のあちらこちらに雲のような白いかたまりが何十何百と見える。こんなに桜があったのかと、だれもが驚く。

桜といえば西行である。桜の歌をつくるには西行を意識しないわけにはゆかない。

花見ればそのいはれとはなけれども心のうちぞくるしかりける　西行

吉野山こずゑの花を見し日より心は身にもそはずなりにき　西行

西行の桜は女性形である。これら二首は桜の歌とはいえ、実態は恋の歌である。つまり歌の中の桜はどうみても女性のイメージだ。

西行がうたった桜は吉野の桜のような山桜である。考えてみれば女性形がふさわしい花だ。山桜は花と若葉が同時に萌えるから、若緑とさくら色が混ざり合って、つつましやかでやさしい感じがする。私は西行に対抗して、男性形の桜をうたおうと心がけてきた。フランス語も桜は男性形である。桜のフランス語セリシール。セリシールは男性名詞だ。桜の種類でいえば染井吉野。葉が萌える前にまず花だけが咲く染井吉野は、男性形がふさわしい。たとえばこんな歌だ。

満開の桜ずずんと四股を踏みわれは古代の王として立つ　　アニマ

朝の女《ひと》の奥の静寂《しじま》に白く耀《て》り滝なして今桜花下《さくらくだ》れり　　反歌

桜の木は、関取のように四股を踏み、滝のように激しく花びらを噴きつづける。

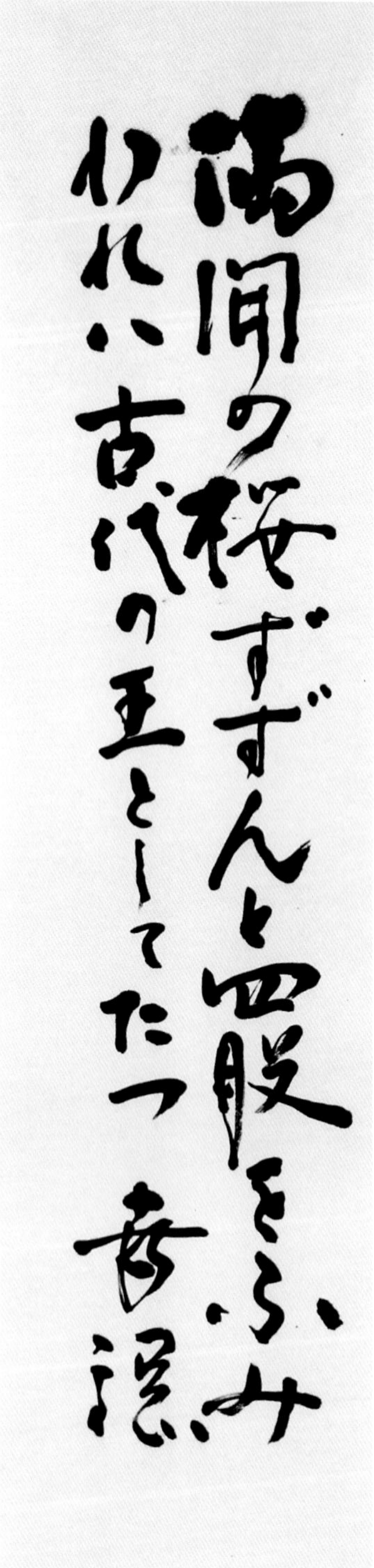
満開の桜ずずんと四股をふみ
われは古代の王としてたつ
幸綱

満開の桜ずずんと四股をふみわれは古代の王としてたつ　——佐佐木幸綱

一三七・〇×三五・〇（㎝）／『アニマ』（一九九九［平成一一］年）より

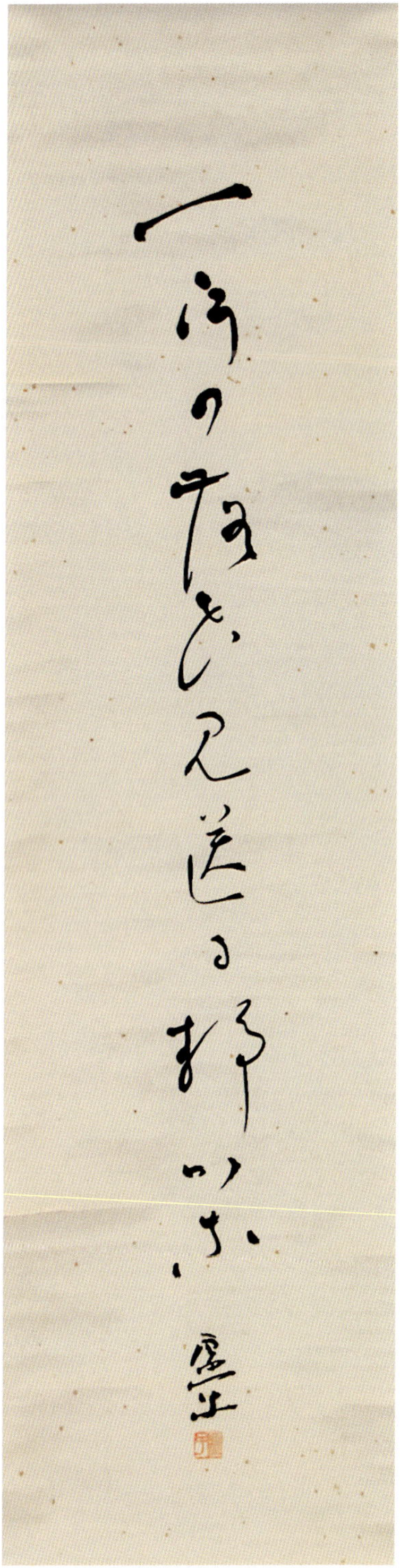

一片の落花見送る静かな　――高浜虚子

一三二・四×三三・三（㎝）／
「ホトトギス」一九二八（昭和三）年一月
『虚子句集』（一九二八［昭和三］年）より

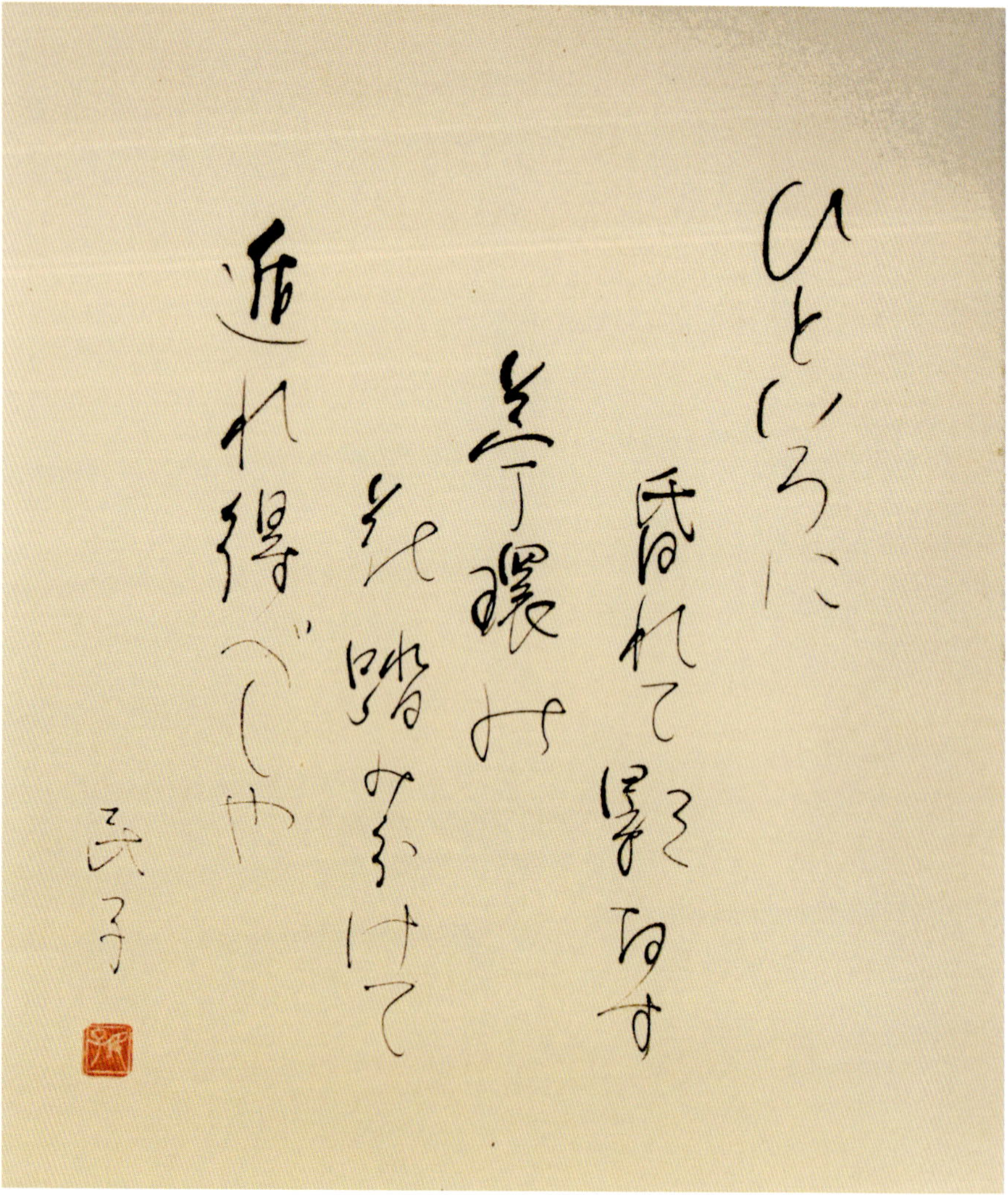

ひといろに昏れて
影なす苧環の
花踏み分けて
遁れ得べしや

——大西民子

二七・二×二四・二（㎝）／
一九五九（昭和三四）年作
『不文の掟』（一九六〇
［昭和三五］年）より

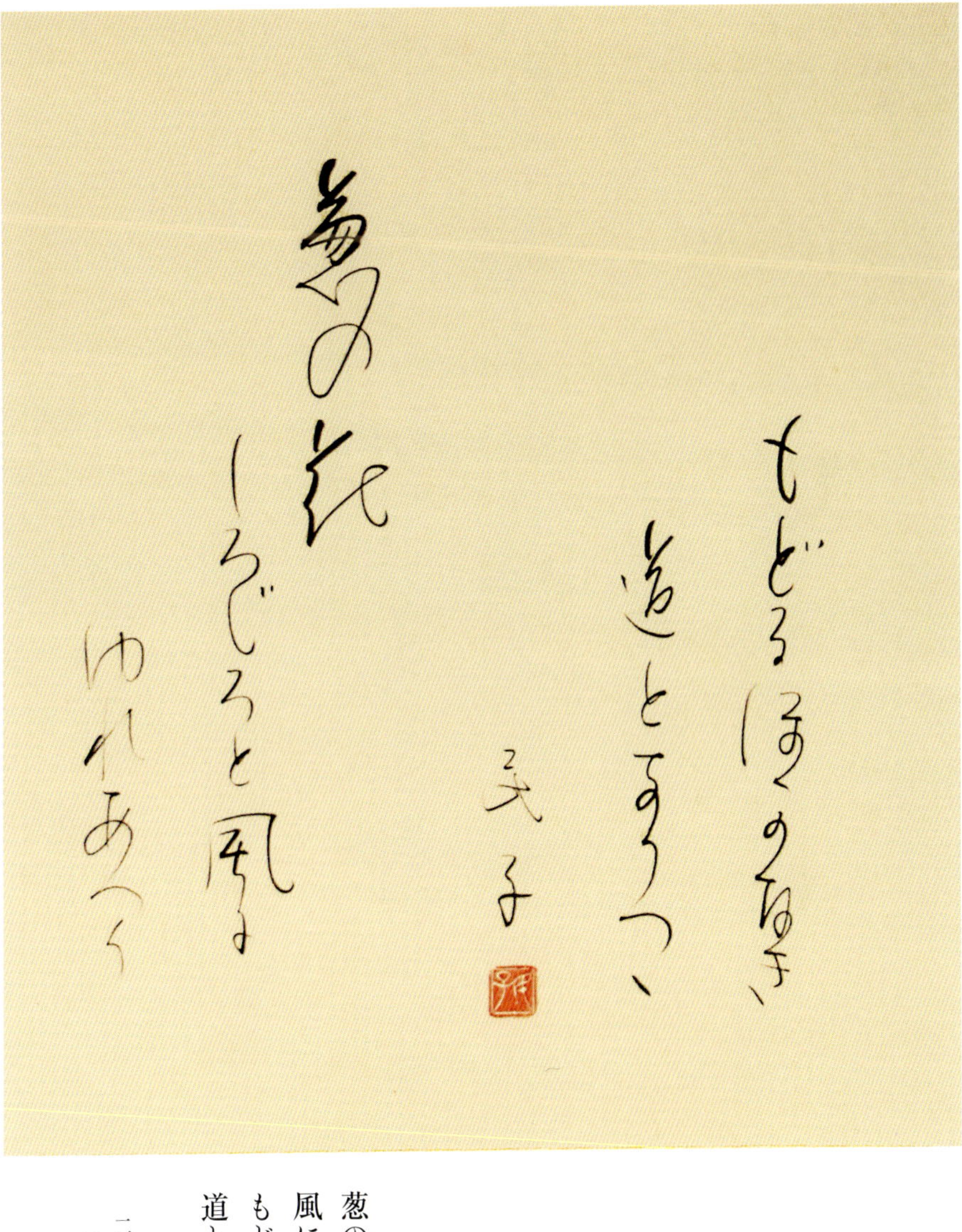

葱の花　しろじろと
風にゆれあへり
もどるほかなき
道となりつゝ

――大西民子

二七・二×二四・二（cm）／
一九六六（昭和四一）年作
『花溢れゐき』（一九七一
［昭和四六］年）より

いつしかに春のなごりとなりにけり昆布ほしばのたんぽぽの花　——北原白秋

三六・一×六・〇（㎝）／「一九一〇　暮春　三崎の海辺にて」と詞書

『桐の花』（一九一三［大正二］年）より

初夏

第三部

初夏の詩歌の中、芥川龍之介の「またたちかへる水無月の歎きを誰にかたるべき　沙羅のみづ枝に花さけばかなしき人の目ぞ見ゆる」は恋心の高雅さといい、調べののびやかさといい、近代詩の中でも特筆すべき傑作である。拓本であるのが残念だが、森鷗外作・永井荷風書の「褐色の根府川石に　白き花はたと落ちたり」とはじまる詩は鷗外の詩作品中の代表作であり、叙景は的確、格調は高く、抒情は掬すべきものがあり、吉田健一はこの詩からわが国近代詩がはじまると解してた名作である。「紀の国の五月なかばは　椎の木のくらき下かげ」とはじまる「ためいき」は佐藤春夫の初期の詩作中の傑作、作者によれば、ついに口をきいたこともなかった恋人への思いをうたった作という。高雅に初々しい抒情をうたうことにためらいを感じなかった時代の傑作である。加藤楸邨の「鬱々と牡丹の闇を満たしをり」は内心の鬱屈をボタンの闇に流し込んだかのような作であり、楸邨の弟子の安東次男の「とちの花眠りどほしの羽前道」は青春の憂愁をトチの花に託した佳作である。馬場あき子「ぶだうの花ちりてまさをき夕ぐれの愛のはじまるごときさびしさ」は夕暮れ、蒼暗い空の下、黄緑色のちいさな花の集まりであるブドウの花が散り乱れる、そうした光景から、愛が始まりを連想する発想が卓抜、非凡なのだが、その愛のはじまりに寂しさをすでに透視している歌人の眼の鋭さに、現代短歌の豊饒な抒情をみることができるであろう。有島武郎「明日知らぬ」は心中直前の遺詠であり、そう思って読むと心うつものがある。

藤の花軒端の苔の老いにけり
龍之介

藤の花軒端の苔の老いにけり ——芥川龍之介

三六・〇×六・〇（㎝）／「澄江堂句抄」には、「鎌倉平野屋に遊ぶ。旧遊何年の前なるかを知らず」と前書

『梅・馬・鶯』より

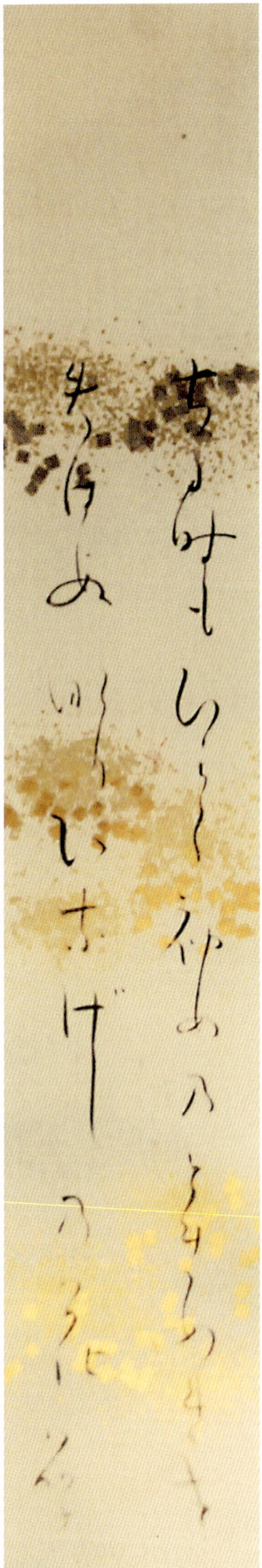

ちる時もひらく初めのときめきを失はぬなりひなげしの花

——与謝野晶子

三六・〇×六・〇（㎝）／『流星の道』（一九二四［大正一三］年）より

●エッセイ

ひなげしの晶子

竹西寛子

思いつくまま、いい記憶でつながっている日本の和歌を書きつけていて、与謝野晶子の好みの歌句にはっとなることがあった。読む者の時によって、ひとつ歌の読みにも惹かれる歌にも変化は起こる。晶子の歌集の中でも、遺稿歌集の「白桜集」所収歌に感じる時が増えていた。たとえば、

いづくへか帰る日近きここちしてこの世のもののなつかしきころ

一人にて負へる宇宙の重さよりにじむ涙のここちこそすれ

たとえば又「流星の道」所収の、

大空の日の光さへ尽くる日の漸く近き心地こそすれ

これは「源氏物語」五十四帖の各帖に、一首ずつ寄せた物語礼賛のうちで、世俗の人としての光源氏が登場する最後の帖「幻」の礼讃歌である。

書きつけながら、そう言えば晶子には、「ここちして」「ここちこそすれ」「ここちす」などを詠み込んだ歌がいくつもあったと思い出した。それはこういう歌句に共感し易い自分を知ることでもあった。「ここちこそすれ」は、晶子がつくり出した歌句ではない。あの藤原俊成の亡妻哀悼歌でも効果的であったのを思うと、余韻は一層深まった。

嘆きつつ春より夏も暮れぬれど別れはけふのここちこそすれ　　俊成（長秋草）

この歌句を、晶子の初期から辿ってみたい。われながら重い決心で晶子の全集を読み始めた。きっかけはいかようであれ、いい印象をもった一首から、少しずつその作者の作品を読みひろげてゆくのは、私の場合歌に限ってのことではなかった。けれども、関心が作品集や全集の精読にまで及ぶ例は多くはなくて、途中で立ち止まりになったり、拾い読みのままという例が少なくない。

晶子の全集を読み始めたことで、拾い読みの時には気づかなかったことにいくつも出会った。その一つだけ記すと、晶子にはこんなにも沢山雛罌粟を詠んだ歌があったのだと知らされたことである。

船で渡欧した夫与謝野寛を追って、シベリア鉄道経由でパリ滞在の夫の許に赴いた晶子の、

ああ皐月《さつき》仏蘭西《フランス》の野は火の色す君も雛罌粟《コクリコ》われも雛罌粟　　（夏より秋へ）

は、学生の頃に一読して記憶した一首である。以後ひなげしと言えば反射的にコクリコの晶子を思うほどになっていたが、他にどんなひなげしの歌があったか探そうともしなかった。

晶子には「太陽と薔薇」という歌集がある。

恋をする心は獅子の猛なるも極楽鳥のめでたきも飼う

豪奢な一首が収められている。薔薇を詠んでも、牡丹や白百合、大白蓮を詠んでも破調にはならぬ歌の仕上がりは晶子ならではのものと思うが、拾い読みを続けていた私は、なぜか菜の花や月見草などに注がれる晶子の目に引きとめられることが多かった。

川ひとすじ菜たね十里の宵月夜母のうまれし国いつくしむ　（小扇）

月見草花のしをれし原行けば日のなきがらを踏むここちする　（佐保姫）

白鳥が生みたるもののここちして朝夕めづる水仙の花　（草の夢）

「ここちこそすれ」を調べているうちに、それまで気づいていなかったコクリコ・ひなげしの歌を見つけたよろこびには、あの巨きな歌人の重層性に一歩近づけたかという印象がある。はげしい動のみならず、動の表面張力のような静の態に見入り、薔薇ならぬ、牡丹ならぬひなげしを借りて、感受性の表現にかえって直叙以上の豊かさを与えた作者をながめている。以下ひなげしの歌の一部を引用する。

秋くれば根も枯れぬらん雛罌粟《コクリコ》は夜な夜な船の夢に立てども　（夏より秋へ）

雛罌粟《ひなげし》も身を逆しまにするはては茅《かや》の草より寂しからまし　（太陽と薔薇）

われ苦したぐひもあらず美くしき雛罌粟《ひなげし》の死を目の前に見て　（流星の道）

散る時も開く初めのときめきを失わぬなり雛罌粟の花　（流星の道）

天《あめ》に去る薔薇のたましひ地の上に崩れて生くるひなげしの花　（瑠璃光）

くれなゐの形の外の目に見えぬ愛欲の火の昇るひなげし　（瑠璃光）

人の云ふいつはりにだに動き行く心と見ゆるひなげしの花　（瑠璃光）

雛罌粟《ひなげし》はたけなはに燃ゆあはれなり時もところも人も忘れて　（瑠璃光）

✻

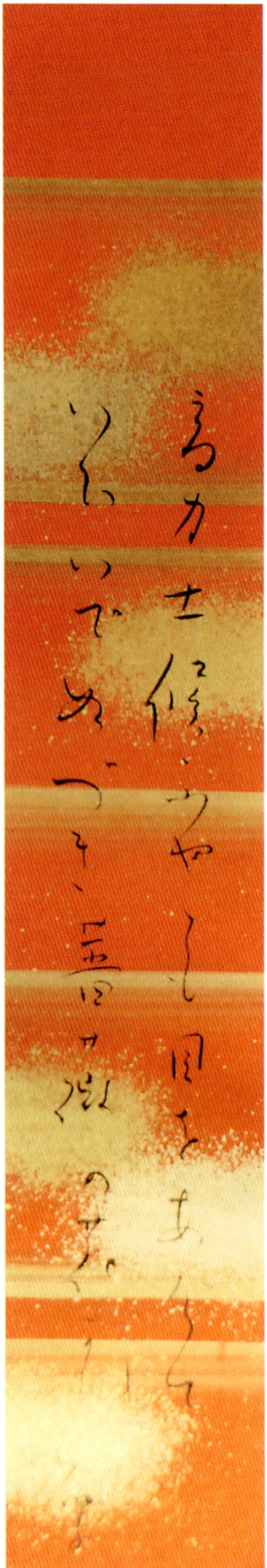

高力士候ふやとも目をあげていひいでぬべき薔薇の花かな　――与謝野晶子

三六・一×六・一（cm）／『太陽と薔薇』（一九二一［大正一〇］年）より

「高力士」は玄宗皇帝の寵臣。白楽天「長恨歌」になぞらえ、薔薇の花を楊貴妃に見立てたものか

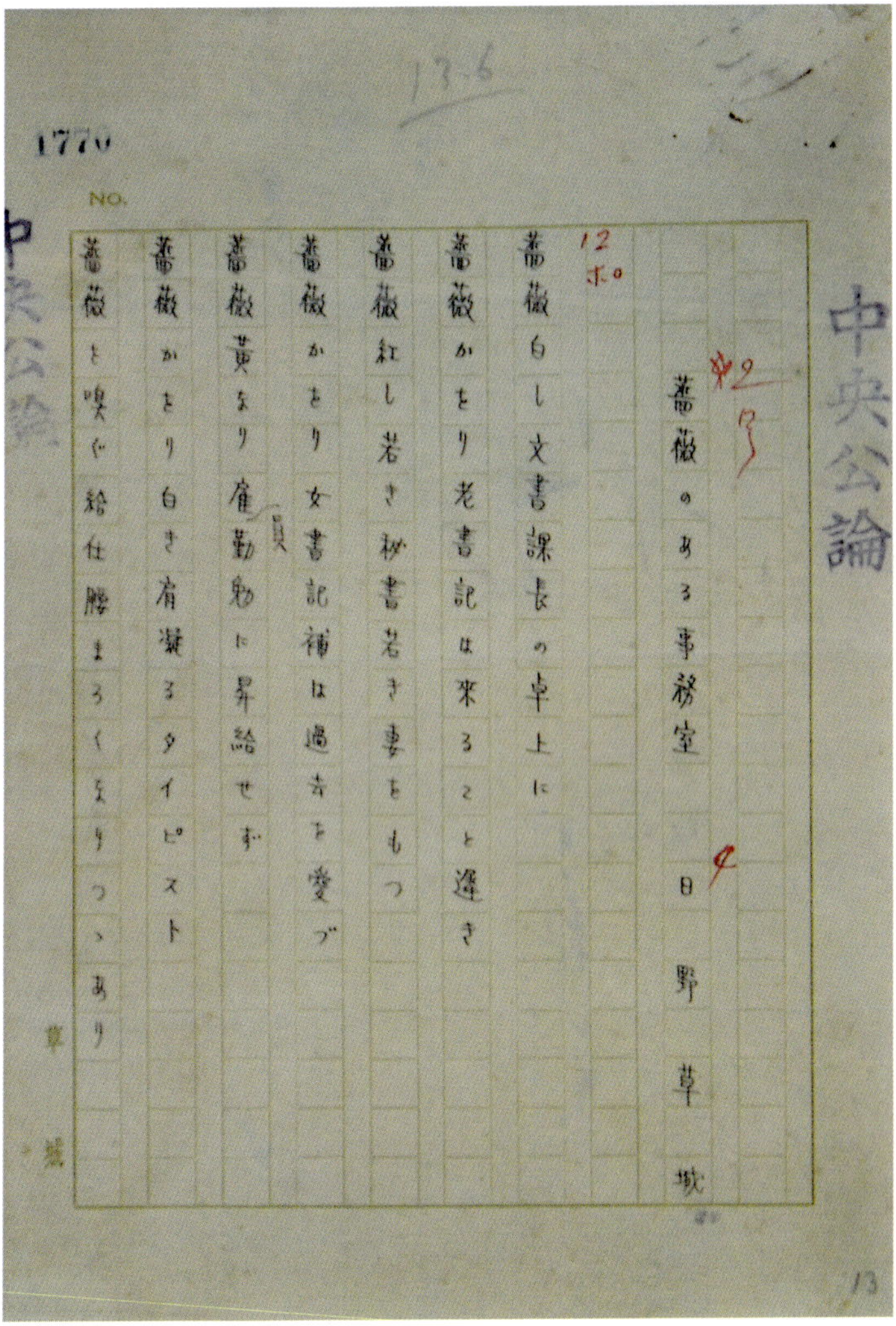
1770

13-6

中央公論

NO.

12ポ

薔薇のある事務室

日野草城

薔薇白し文書課長の卓上に

薔薇かをり老書記は来ること遅き

薔薇紅し若き秘書若き妻をもつ

薔薇かをり女書記補は過去を愛づ

薔薇黄なり雇員勤勉に昇給せず

薔薇かをり白き肩凝るタイピスト

薔薇を嗅ぐ給仕腰まろくなりつゝあり

中央公論

13

薔薇のある事務室　句稿

——日野草城

二四・〇×一六・七（㎝）／「中央公論」一九三八（昭和一三）年六月

作者は新興俳句運動を主導し、サラリーマンの生活を詠むことを試みた

薔薇を愛するは
げに孤独を
愛するなりき
わが悲しみを
愛するなりき

——若山牧水

二四・三×一六・九（㎝）／
『みなかみ』（一九一三
［大正二］年）より

海南新聞社の越智二良に筆蹟と肖像写真を乞われ、大正一年一二月二四日の書簡に同封して送ったもの

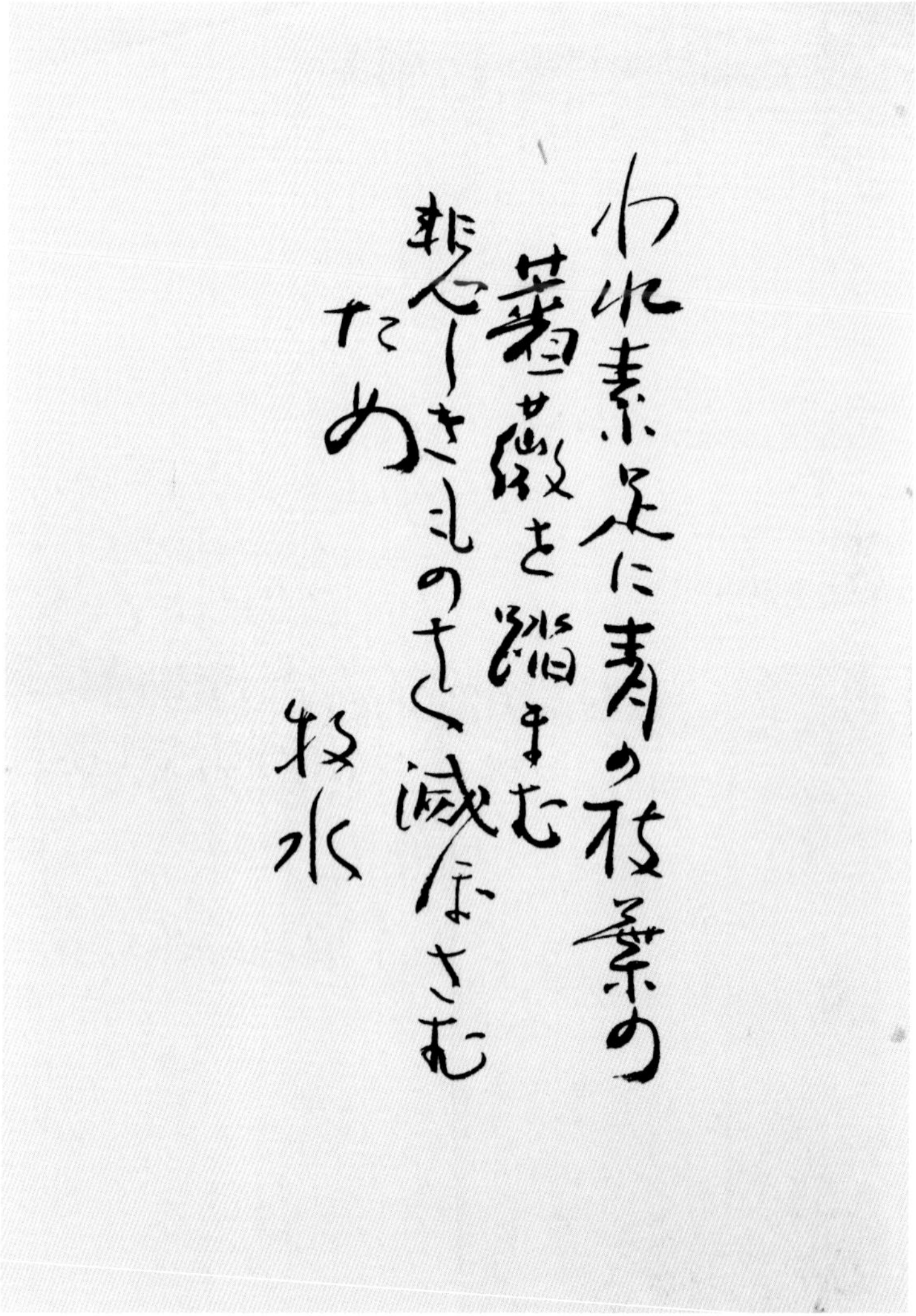
われ素足に青の枝葉の
薔薇を踏まむ
牧水

われ素足に
青の枝葉の
薔薇を踏まむ
悲しきものを
滅ぼさむため

——若山牧水

二四・三×一七・〇（㎝）／『みなかみ』より

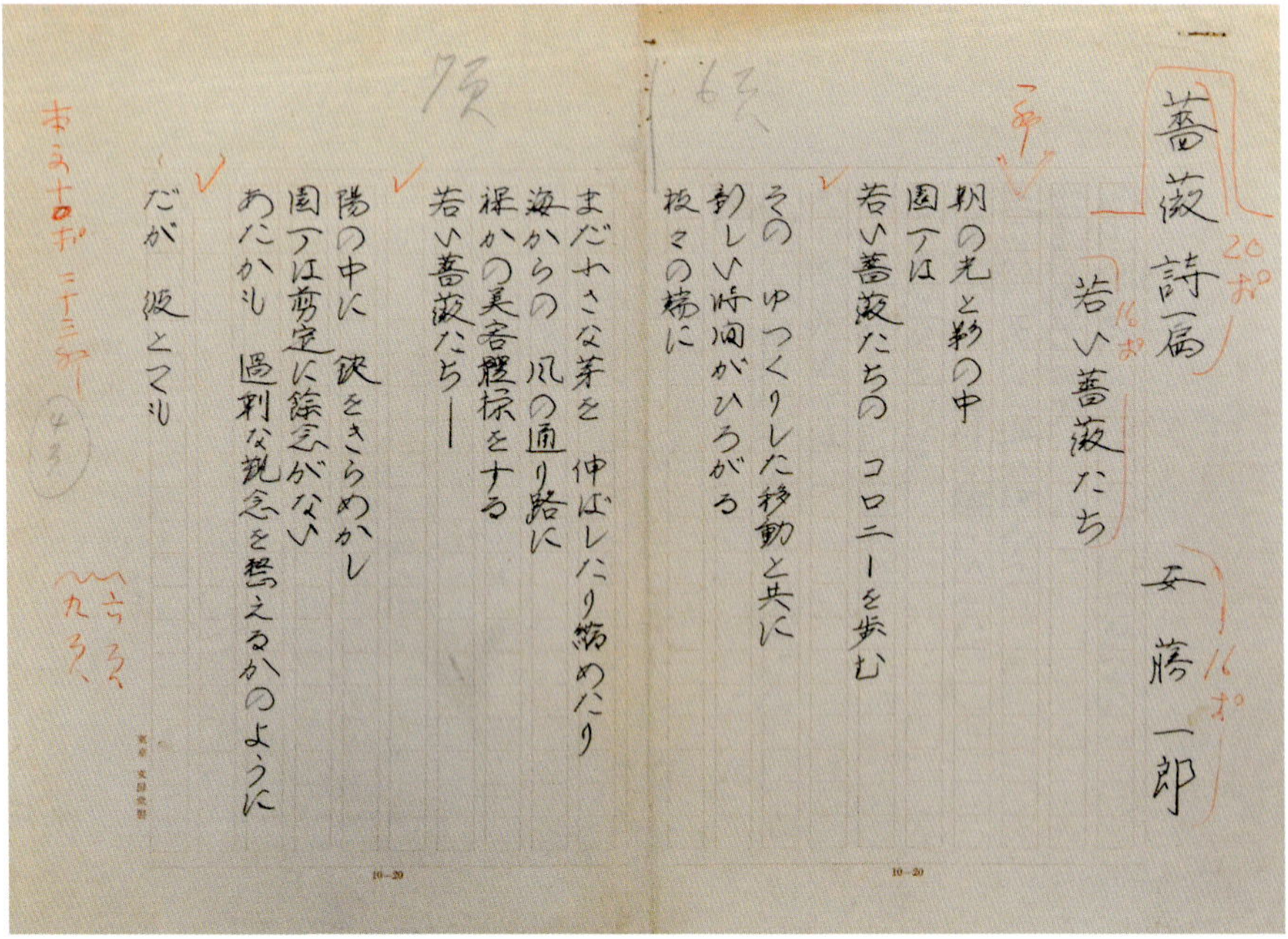

薔薇詩篇
若い薔薇たち
安藤一郎

朝の光と影の中
園丁は
若い薔薇たちの　コロニーを歩む
その　ゆっくりした移動と共に
新しい時間がひろがる
枝々の端に

若い薔薇たち——
裸かの美容体操をする
海からの　風の通り路に
まだ小さな芽を　伸ばしたり縮めたり

陽の中に　鋏をきらめかし
園丁は剪定に余念がない
あたかも　過剰な観念を整えるかのように

だが　彼とても

薔薇詩篇　若い薔薇たち
——安藤一郎
二四・九×三五・〇（㎝）／
「GALA」二号（一九五一
［昭和二六］年九月）

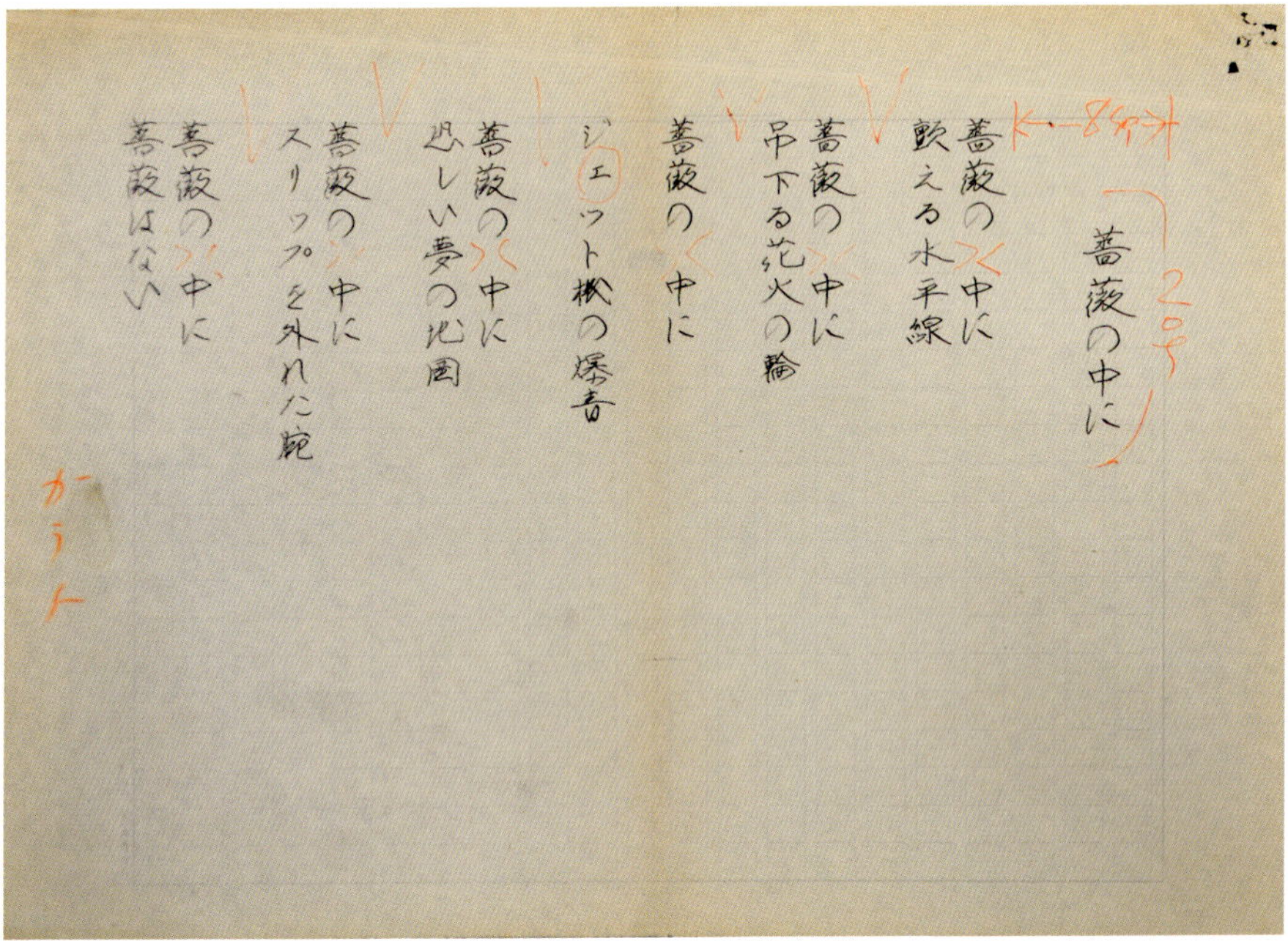
薔薇の中に

薔薇の中に
歎える水平線

薔薇の中に
吊下る花火の輪

薔薇の中に
ジェット機の爆音

薔薇の中に
恐しい夢の地図

薔薇の中に
スリップを外れた腕

薔薇の中に
薔薇はない

詩稿　薔薇の中に

——安藤一郎

二四・八×三五・四（㎝）／「GALA」二巻三号（一九五二［昭和二七］年九月）

「私の薔薇いじりは、終戦後三年目ぐらいから始まったのだから、もう直き十年近くになる。」という作者は、品種の異なる薔薇を「四十株以上」育てていた（『薔薇と貝殻』）

紀の国の五月なかばは　椎の木のくらき下かげ　うすにごる流れのほとり
野うばらの花のひとむれ　人知れず白くさく也　佇みてもの思ふ目に
小さなる泪もろげの　素直なる花をし見れば　恋ひとのためいきを聞くここちするかな

――佐藤春夫

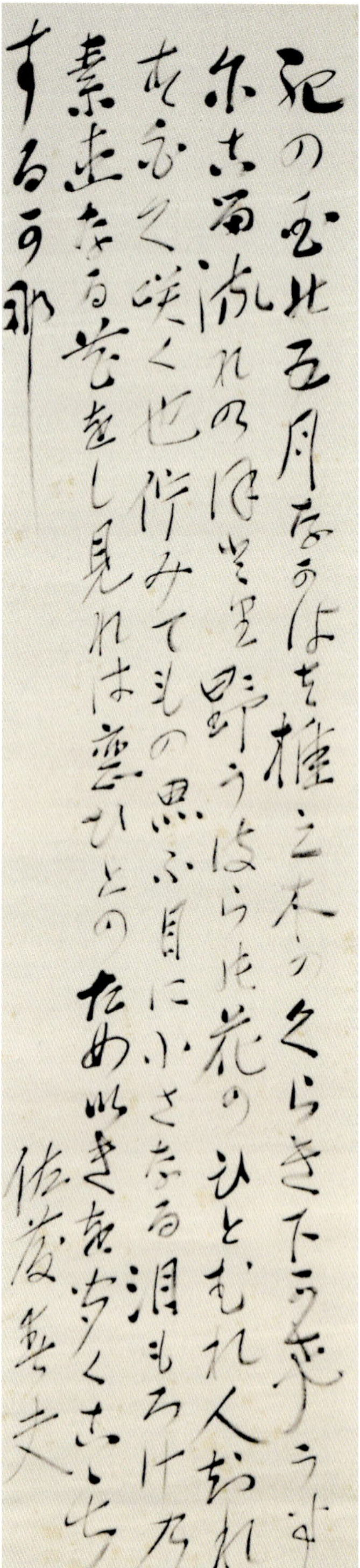

一三六・二×三一・九（㎝）／「ためいき」（『殉情詩集』一九二一［大正一〇］年）

「この人は、私に、常に人生になければならない憧れの要素を私の心のなかへ沁み込ませて消えていつた。――ちやうど暮春の夕雲のやうに美しく」（「わが恋愛生活を問はれて」）

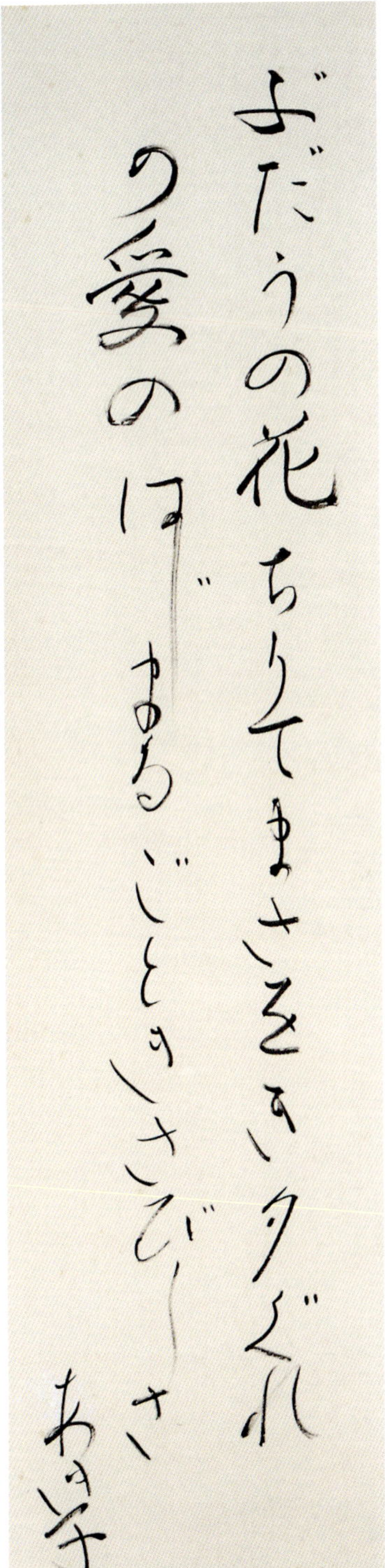
ぶだうの花ちりてまさをき夕ぐれの
愛のはじまるごときさびしさ
あき子

ぶだうの花ちりてまさをき夕ぐれの愛のはじまるごときさびしさ　――馬場あき子

一九九・一×五〇・四（cm）／『飛天の道』（二〇〇〇〔平成一二〕年）より

とちの花眠りどほしの羽前道

——安東次男

楽焼／直径二〇・七（cm）／

一九六七（昭和四二）年の作と思われる

類句に「朴咲いて暮るるばかりよ羽前道」

（『裏山』一九七一［昭和四六］年）がある

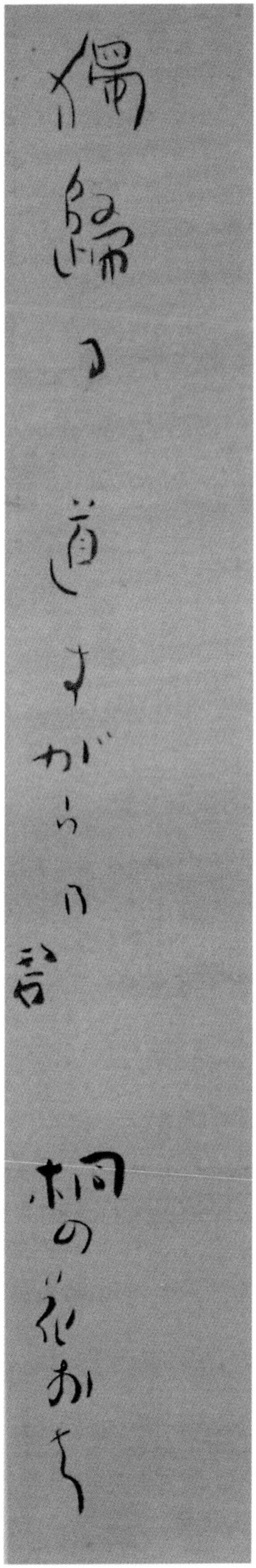

独帰る道すがらの桐の花おち　——河東碧梧桐

七〇・五×二四・〇（㎝）／

「三昧」第五号、一九二五（大正一四）年七月

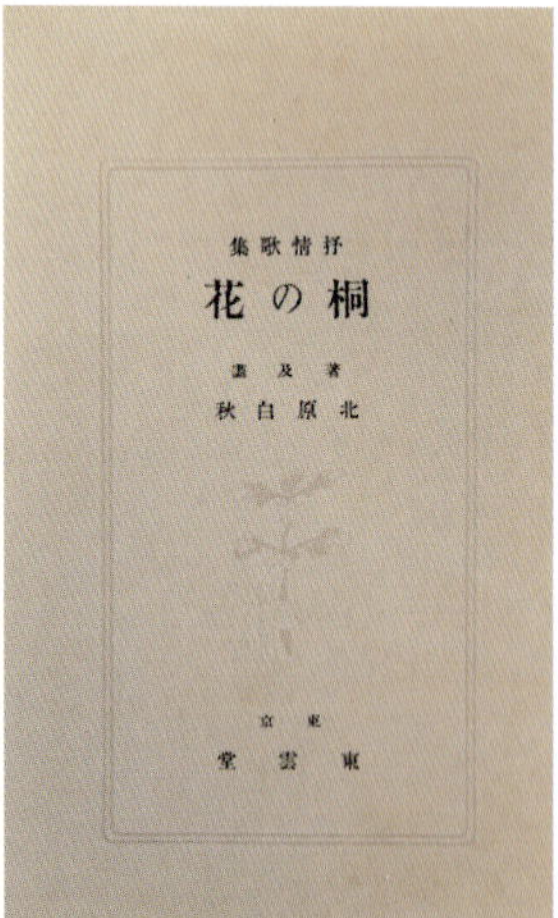

『桐の花』
ジャケットと
表紙、扉
——北原白秋 著・自装
一七・五×一一・〇（cm）／
一九一三（大正二）年、
東雲堂書店

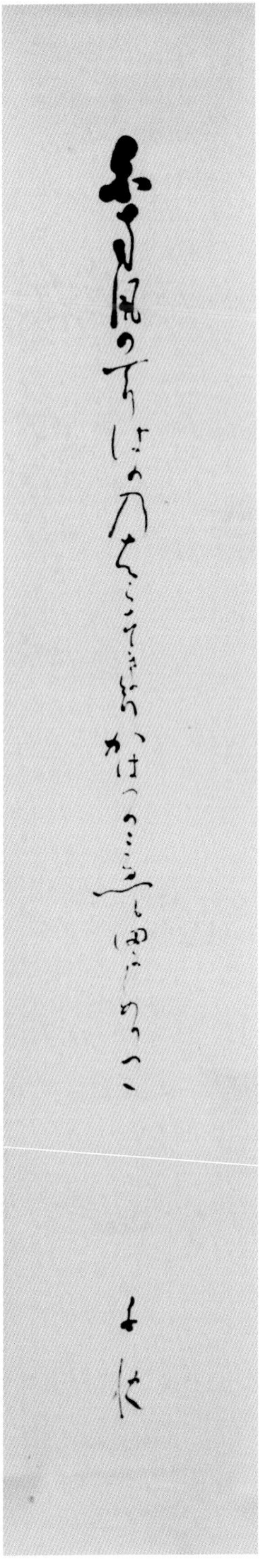

白南風のてりはののばらすぎにけりかはづのこゑも田にしめりつゝ　――北原白秋

一二六・五×二二・五（㎝）／『白南風』（一九三四［昭和九］年）より「砧村雑唱」

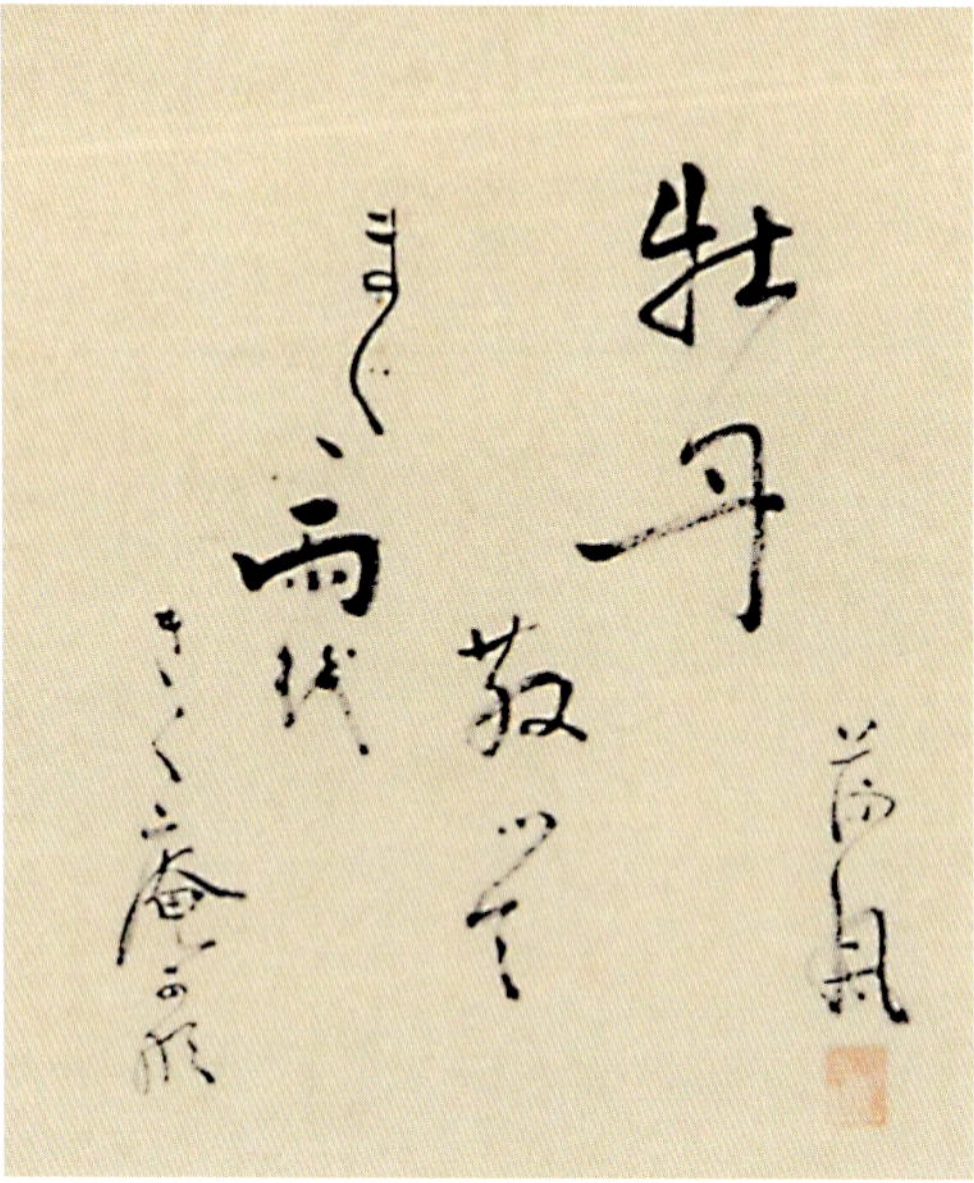

牡丹散ってまた雨をきく庵かな　——永井荷風

二七・二×二四・二（㎝）／
「断腸亭日乗」一九四六（昭和二一）年四月二八日に
「燈刻近藤博士来りて句を乞ふ」として録された句

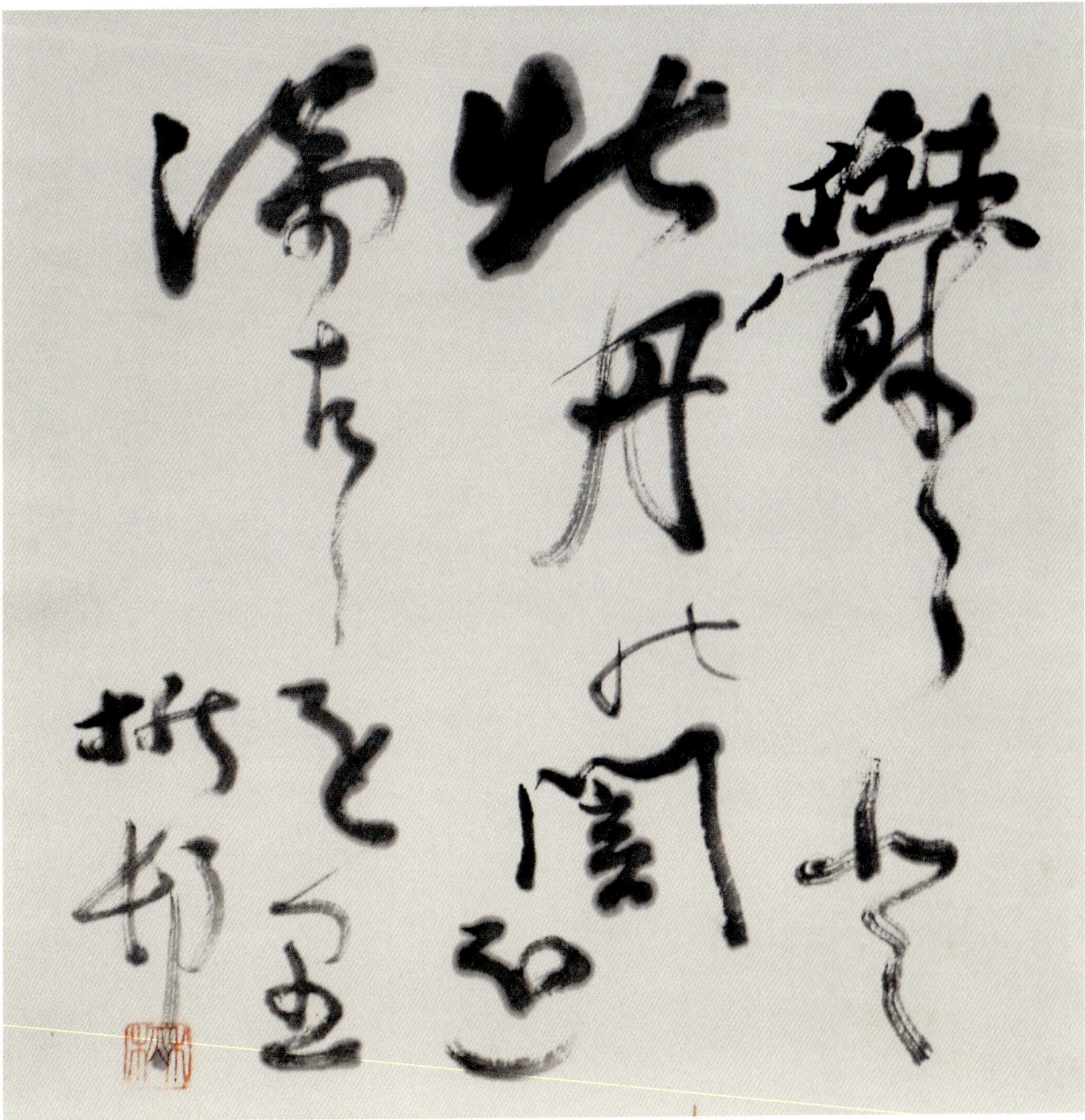

鬱々と
牡丹の闇を
満たしをり
——加藤楸邨

三三・二×三三・二（cm）／一九七〇（昭和四五）年作。『吹越』（一九七六［昭和五一］年）より

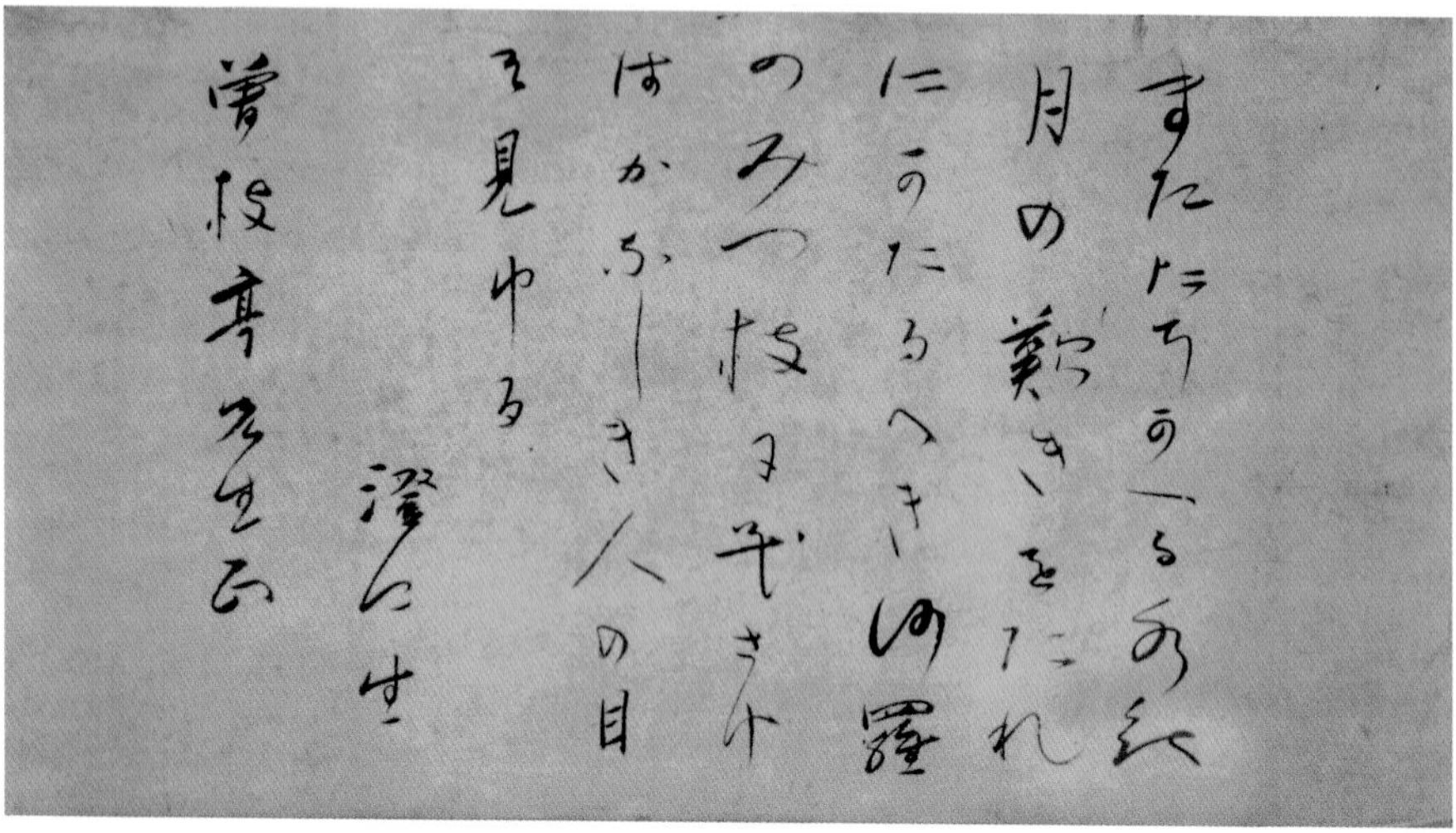

またたちかへる水無月の
歎きをたれにかたるべき
沙羅のみづ枝に花さけば
かなしき人の目ぞ見ゆる

――芥川龍之介

二四・二×四四・二（㎝）／佐藤春夫（曽枝亭）の求めに応じて染筆。
詩は「澄江堂雑詠」（「新潮」一九二五［大正一四］年六月）、『梅・馬・鶯』に収録

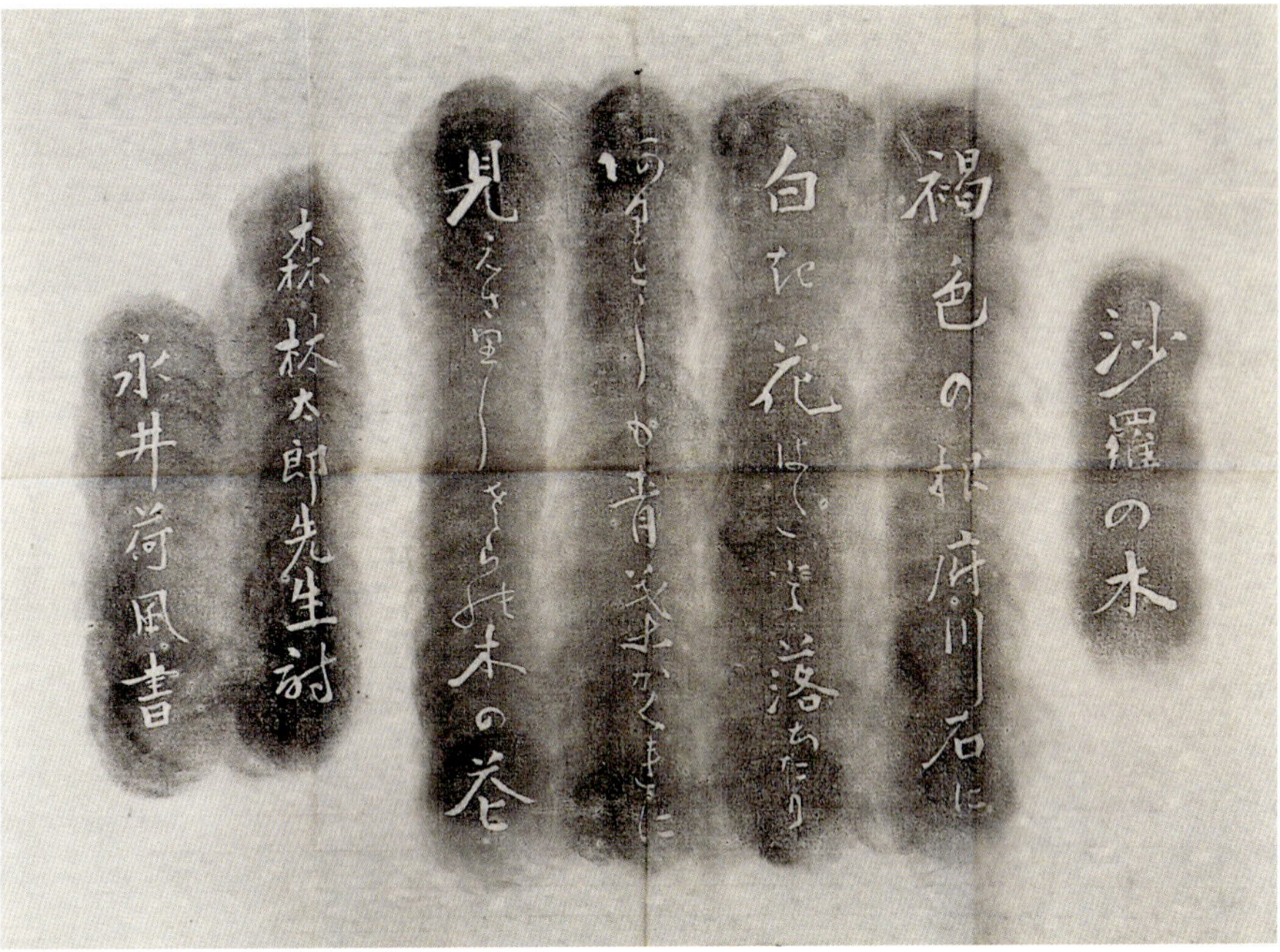

沙羅の木

褐色《かちいろ》の根府川石に
白き花はたと落ちたり
ありとしも青葉がくれに
見えざりしさらの木の花

——森鷗外 作「沙羅の木」
／永井荷風 書

拓本／五一・〇×六八・〇（cm）／森鷗外『沙羅の木』（一九一五［大正四］年）より

鷗外旧居「観潮楼」跡（現・文京区立森鷗外記念館）に建てられた詩碑のために、一九五四（昭和二九）年、荷風が揮毫したもの

わすれなぐさ

ヴィルヘルム・アレン作
上田敏訳

ながれのきしのひともとは、
みそらのいろのみづあさぎ、
なみ、ことごとく、くちづけし
はた、ことごとく、わすれゆく。

『海潮音』（一九〇五［明治三八］年）より

木下杢太郎 画「わすれなぐさ」
一九四四（昭和一九）年七月二日／
『百花譜百選』より

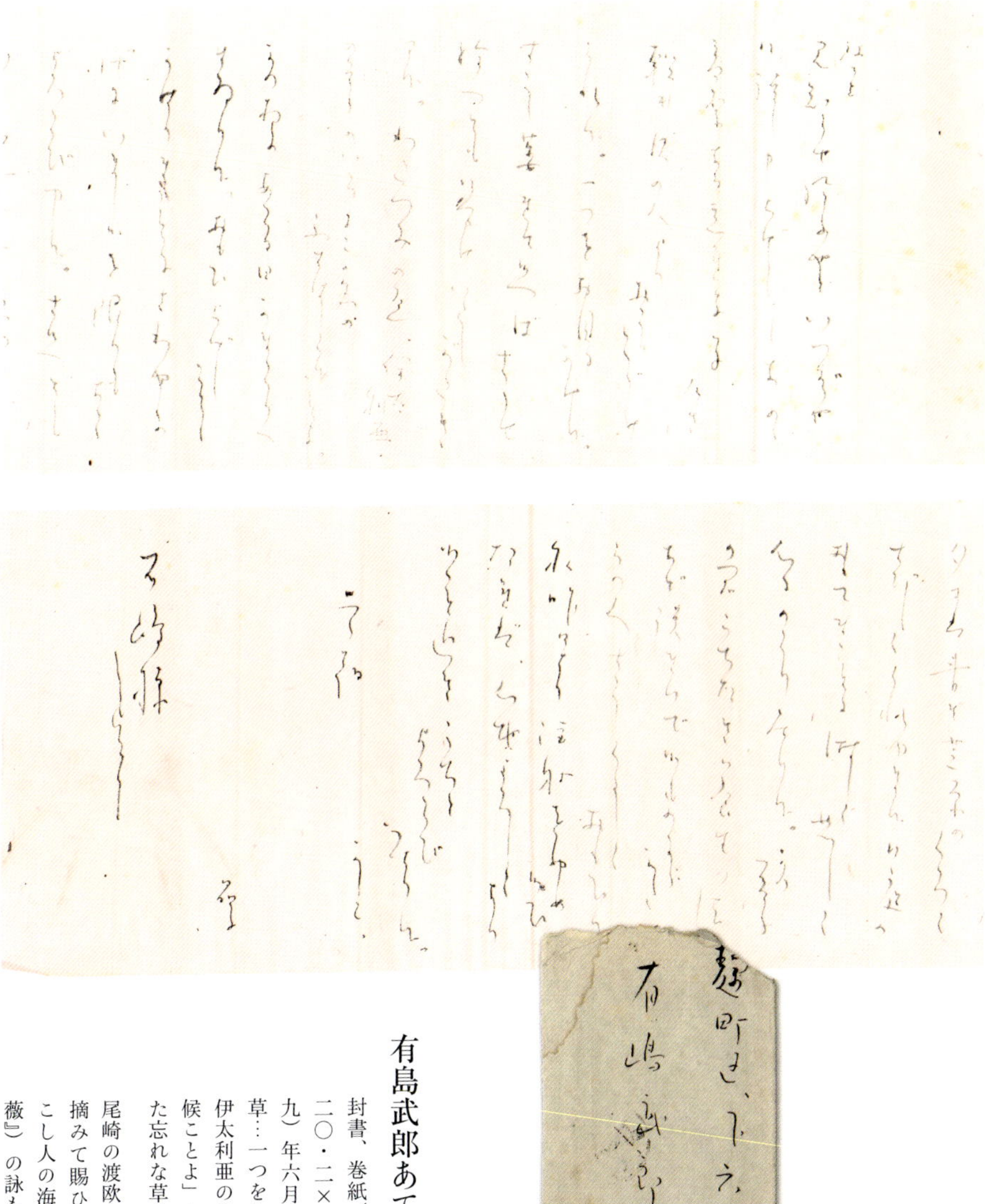

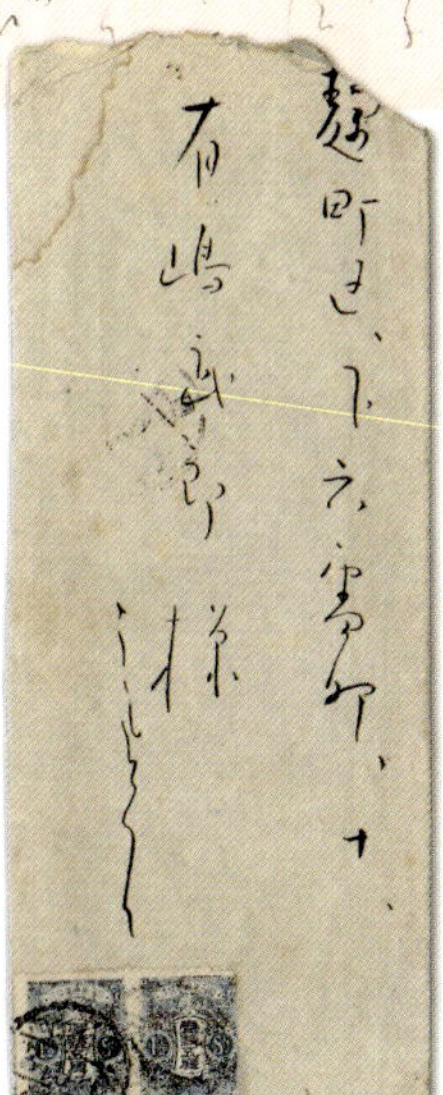

有島武郎あて書簡　――与謝野晶子

封書、巻紙／本紙一八・〇×七六・九、封筒二〇・二×七・九（㎝）／一九二〇（大正九）年六月二日。「しなのの高原なる忘れな草…一つをお目にかけ候。…わたつみの色、伊太利亜のそらのいろにこの名のふさはしく候ことよ」と、尾崎行雄（咢堂）から贈られた忘れな草を二茎封入

尾崎の渡欧を送る「海の色信濃の国の高原に摘みて賜ひし草に似よかし（勿忘草を贈りこし人の海外に行くを送りて）」（『太陽と薔薇』）の詠もある

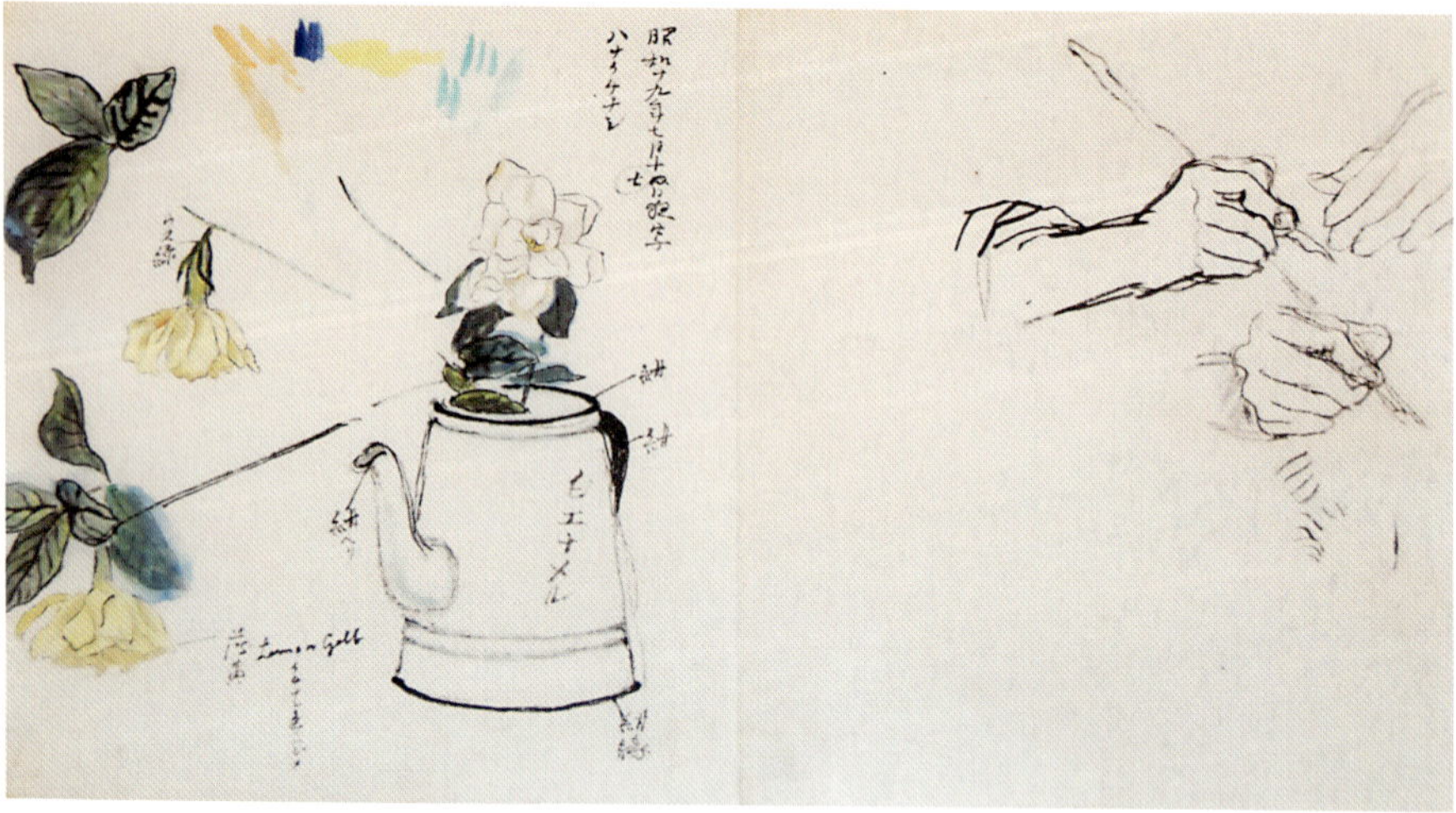

ハナクチナシ
——中野重治画

二四・九×四五・五（㎝）／一九四四（昭和一九）年七月一七日、一八日

サイパン陥落が報じられた日に。『中野重治の画帖』に収録

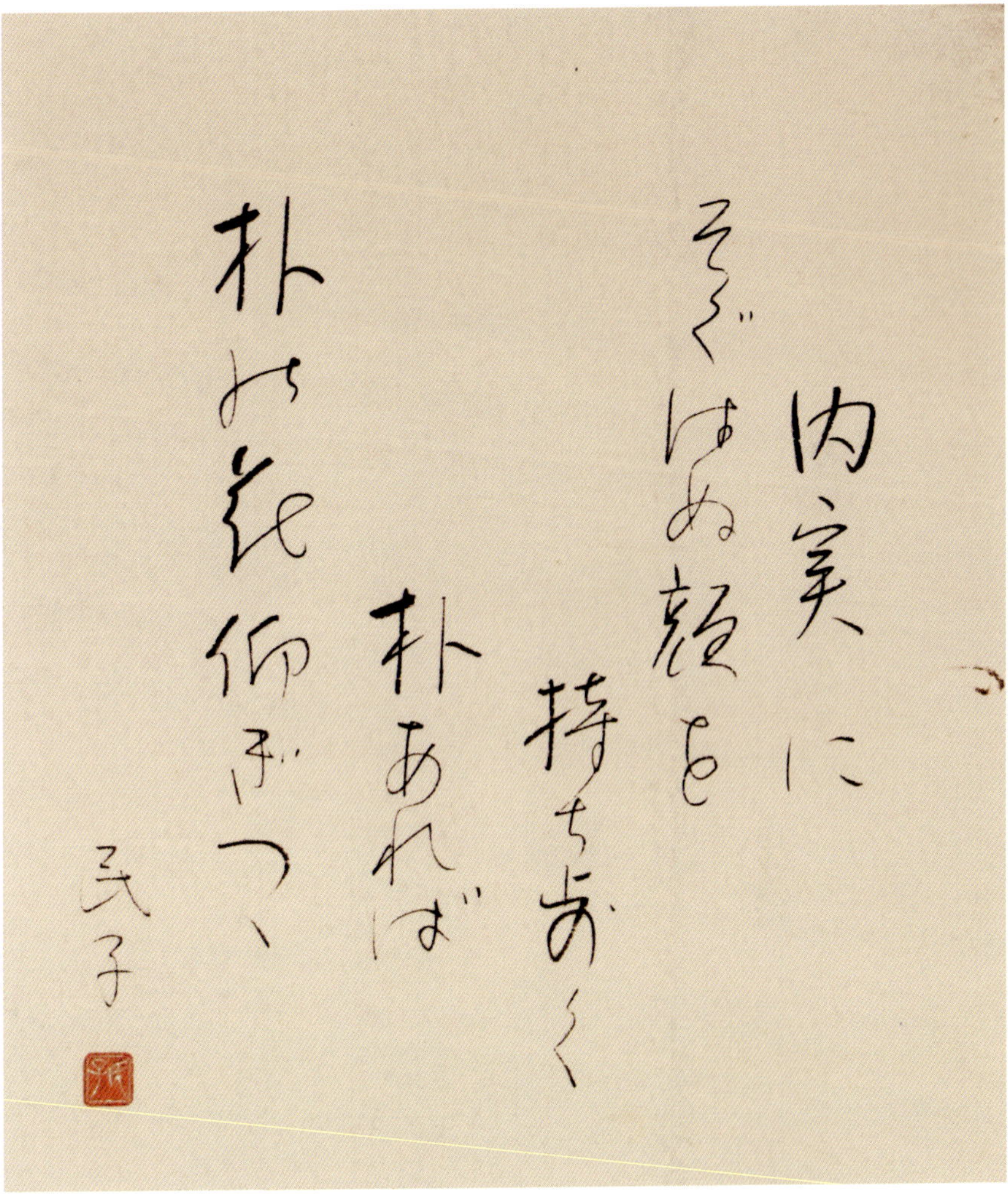
内実に
そぐはぬ顔を
持ち歩く
朴あれば
朴の花仰ぎつゝ
民子

内実にそぐはぬ顔を
持ち歩く　朴あれば
朴の花仰ぎつゝ
——大西民子

二七・一×二四・〇（cm）／
一九六二（昭和三七）年作
『無数の耳』（一九六六
［昭和四一］年）より

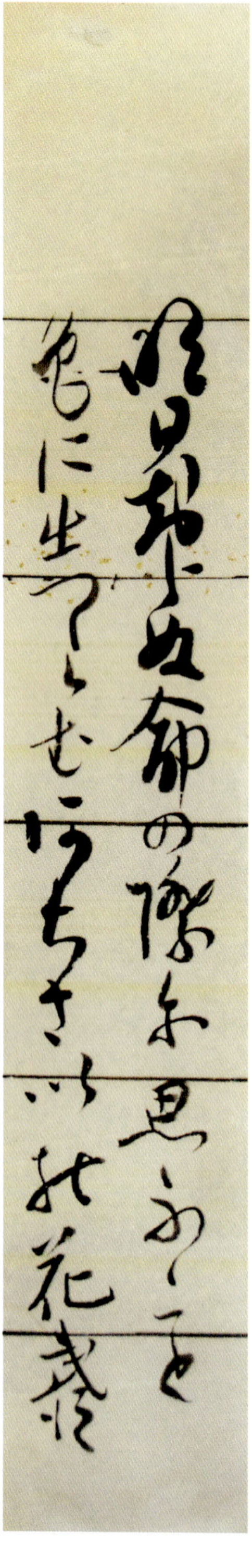

明日知らぬ命の際に思ふこと色に出づらむあぢさいの花
——有島武郎

三六・〇×六・〇（㎝）／一九二三（大正一二）年六月、作者は波多野秋子と死を選ぶが、この短冊は没後書斎で発見され、「泉」終刊号（同年八月）に絶筆として発表された一〇首のうちの一首

夏

第四部

第四部では、杉田久女「谺して山ほとゝぎすほしいまゝ」が人口に膾炙している久女の代表作である。ほしいままに鳴き続けるほととぎすが谺してとどまることのない永遠の時間がここには凝縮されており、しかも思い切って歌いきった歯切れの好さがある。「ゆくりなくつみたる草の薄荷草思ひにたへぬ香をかぎにけり」は土屋文明の作。確かな写生にもとづく抒情性が胸をうつ。「思ひにたへぬ」という「思ひ」が何か。仄かな恋心かもしれないし、懐かしい少年時への追憶かもしれない。この作品にはどう解してもよい豊かな世界がある。文明に比しはるかに若い栗木京子の「みづからをこの世にすべて零し終へ消ゆればたのし鳳仙花咲く」はホウセンカを凝視しながら、その生命のすべてを悔いなく生き尽くしたいという思いをうたった作であり、土屋文明の作と比べ、いずれも優れた作であっても、栗木京子の作の方がよほど現代的である。おそらく、この違いはいかに生きるかの決意の違いから生じているのである。原民喜の「碑銘　遠き日の石に刻み　砂に影おち　崩れ墜つ天地のまなか　一輪の花の幻」は『夏の花』への書き入れだが、あまりに切なく、哀しく、しかも、人類の憤りを代弁したような作である。「夏」の部にはスケッチ等にも注目すべき作が多い。

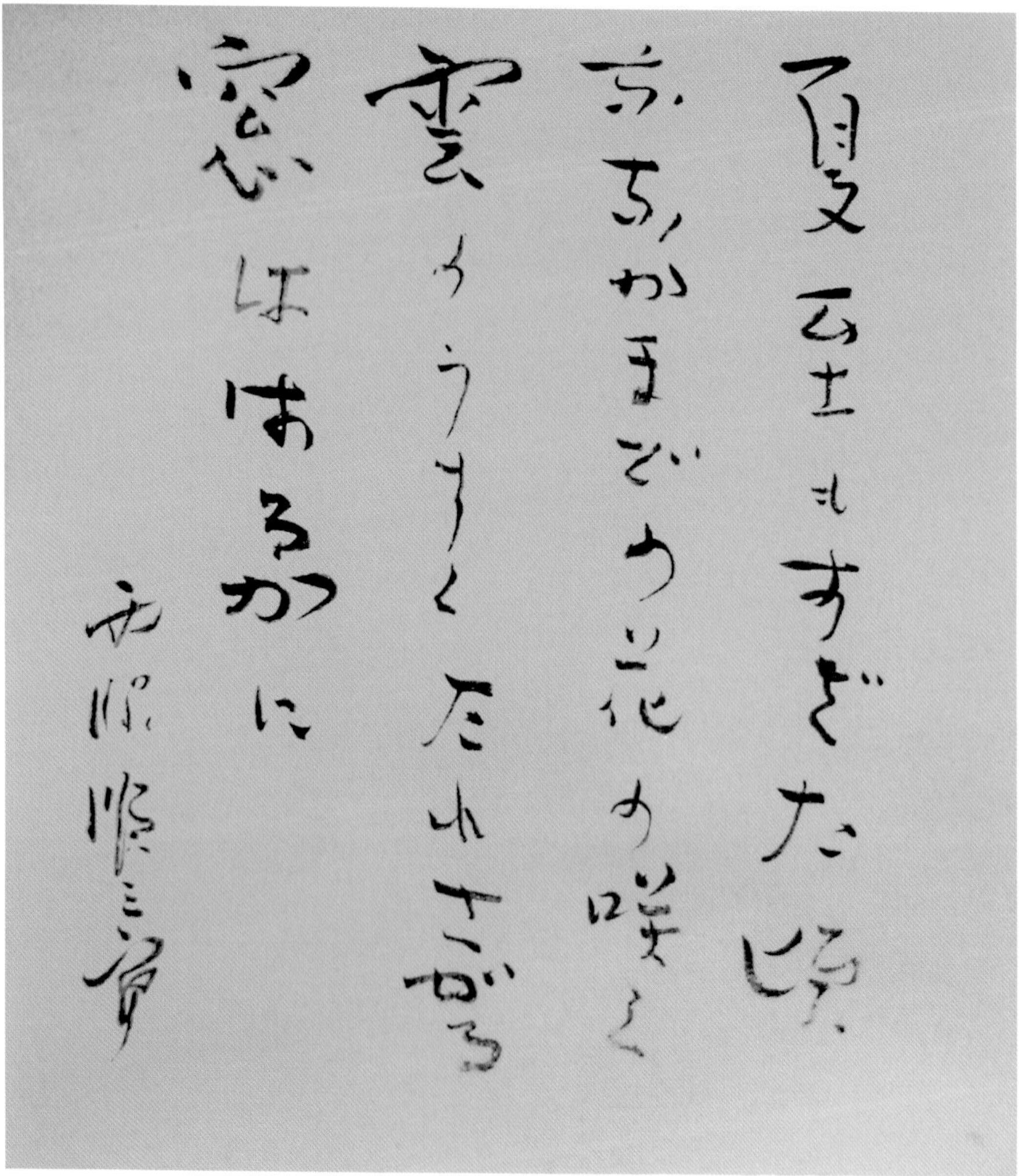

夏至もすぎた頃
ななかまどの花の咲く
雲のうすくたれさがる
窓ははるかに

——西脇順三郎

二七・二×二四・三（cm）

谺して山ほとゝぎすほしいまゝ
（裏に葛の花の絵）
——杉田久女 書・画

団扇／三九・七×二一・〇（㎝）／
「英彦山　六句」のうち。
一九二九（昭和四）～一九三五年作
『久女句集』（一九五二
［昭和二七］年）より

草むらや露くさぬれて一ところ
（裏に露草の絵）

——杉田久女 書・画

団扇／三九・七×二一・四（cm）／
一九一八（大正七）年〜一九二九（昭和四）年作

『久女句集』より

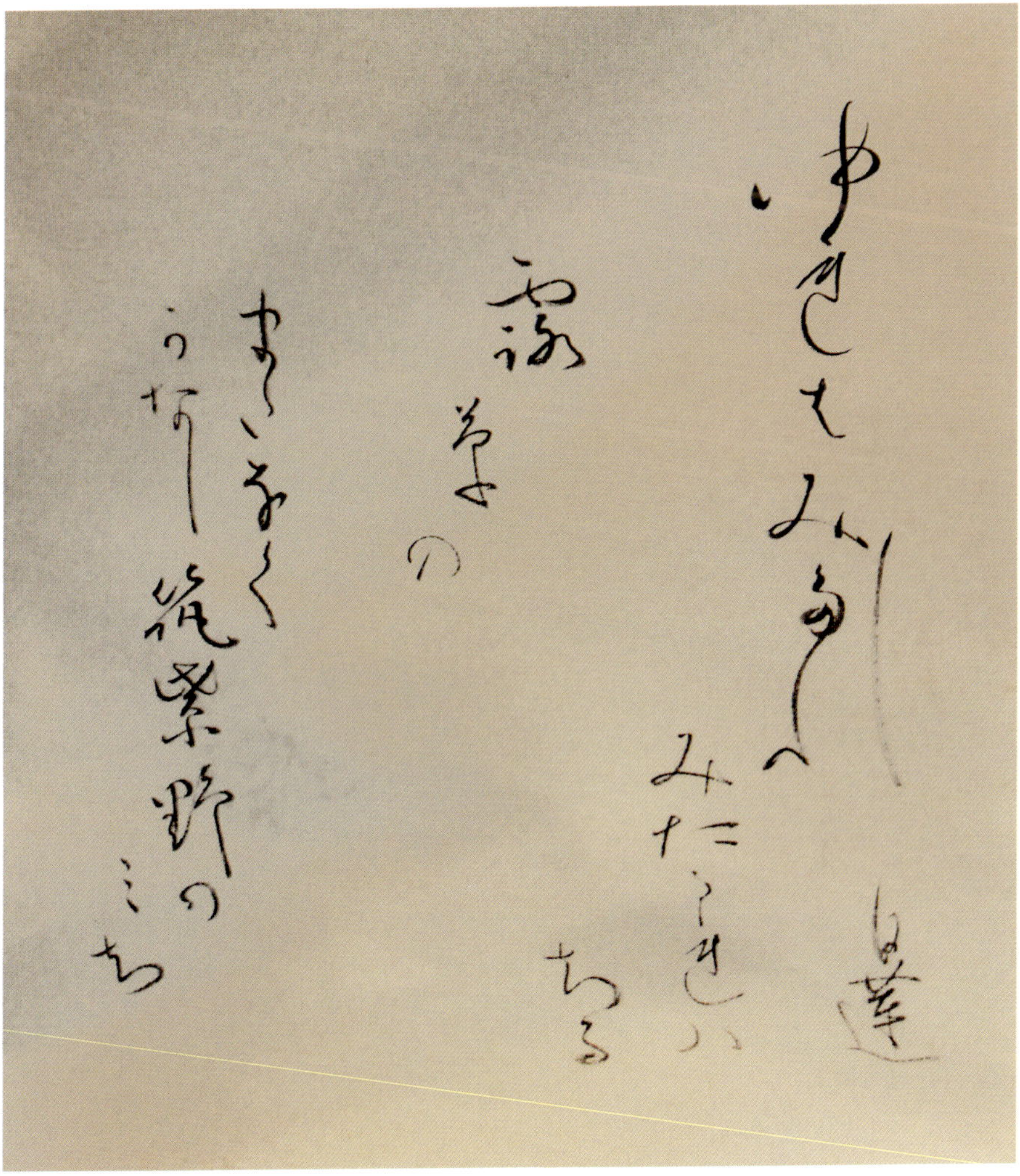

ゆればみだれ
みだるればちる
露草の
またなくかなし
筑紫野のみち

——柳原白蓮

二六・九×二四・〇（㎝）／
『幻の華』（一九一九
［大正八］年）より

この歌集の奥付の著者名は「伊藤燁子」。当時は九州の炭鉱王・伊藤伝右衛門の夫人だった

『つゆくさ』ジャケット
——室生犀星 著
・山口蓬春 装画
一九・四×一三・七（㎝）
／一九五八（昭和三三）年、
筑摩書房

『侏儒の言葉』 表紙
——芥川龍之介 著
・小穴隆一 装画
一九・〇×一三・三（㎝）
／一九二七（昭和二）年、文藝春秋社

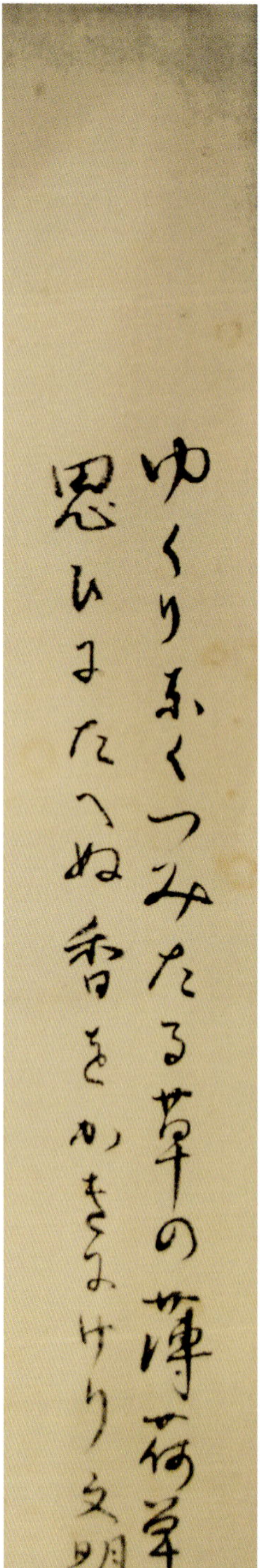
ゆくりなくつみたる草の薄荷草
思ひにたへぬ香をかぎにけり文明

ゆくりなくつみたる草の薄荷草思ひにたへぬ香をかぎにけり　——土屋文明

三六・二×六・〇（㎝）／一九一八（大正七）年作「薄荷草」

『ふゆくさ』（一九二五［大正一四］年）より

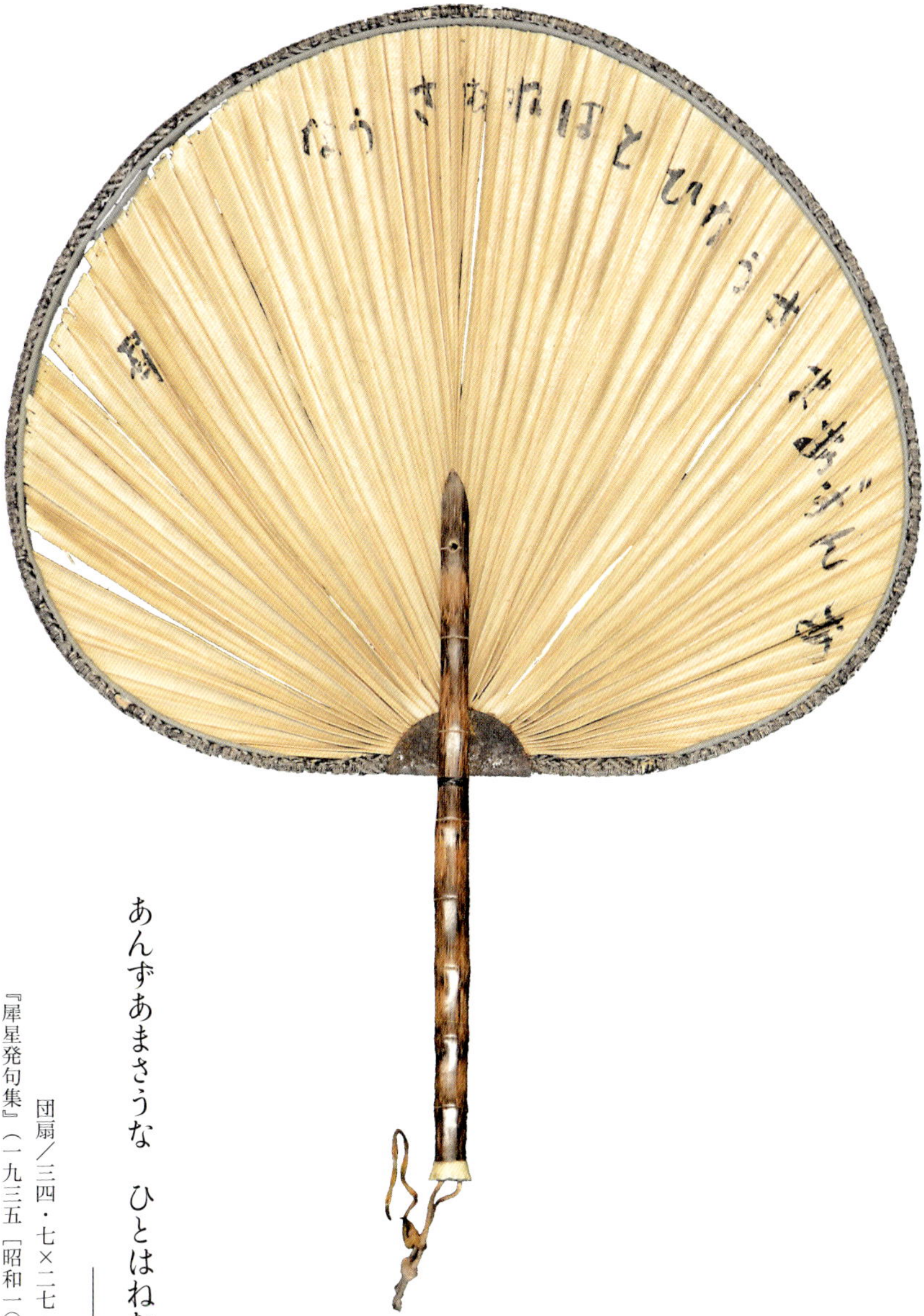
あんずあまさうな
ひとはねむさうな
犀

あんずあまさうな　ひとはねむさうな

——室生犀星

団扇／三四・七×二七・四（㎝）／
『犀星発句集』（一九三五［昭和一〇］年）より

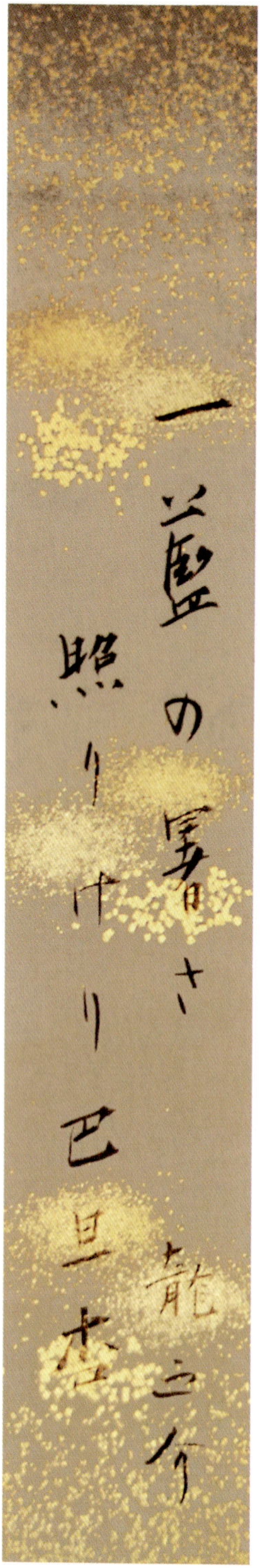
一籃の暑さ照りけり巴旦杏
龍之介

一籃の暑さ照りけり巴旦杏　——芥川龍之介

三六・二×六・〇（㎝）／中国旅行の折の作。「彩票や麻雀戯の道具の間に西日の赤あかとさした砂利道。其処をひとり歩きながら、ふとヘルメット帽の庇の下に漢口の夏を感じたのは、——」と前書（『支那游記』一九二五［大正一四］年）

『梅・馬・鶯』にも収録

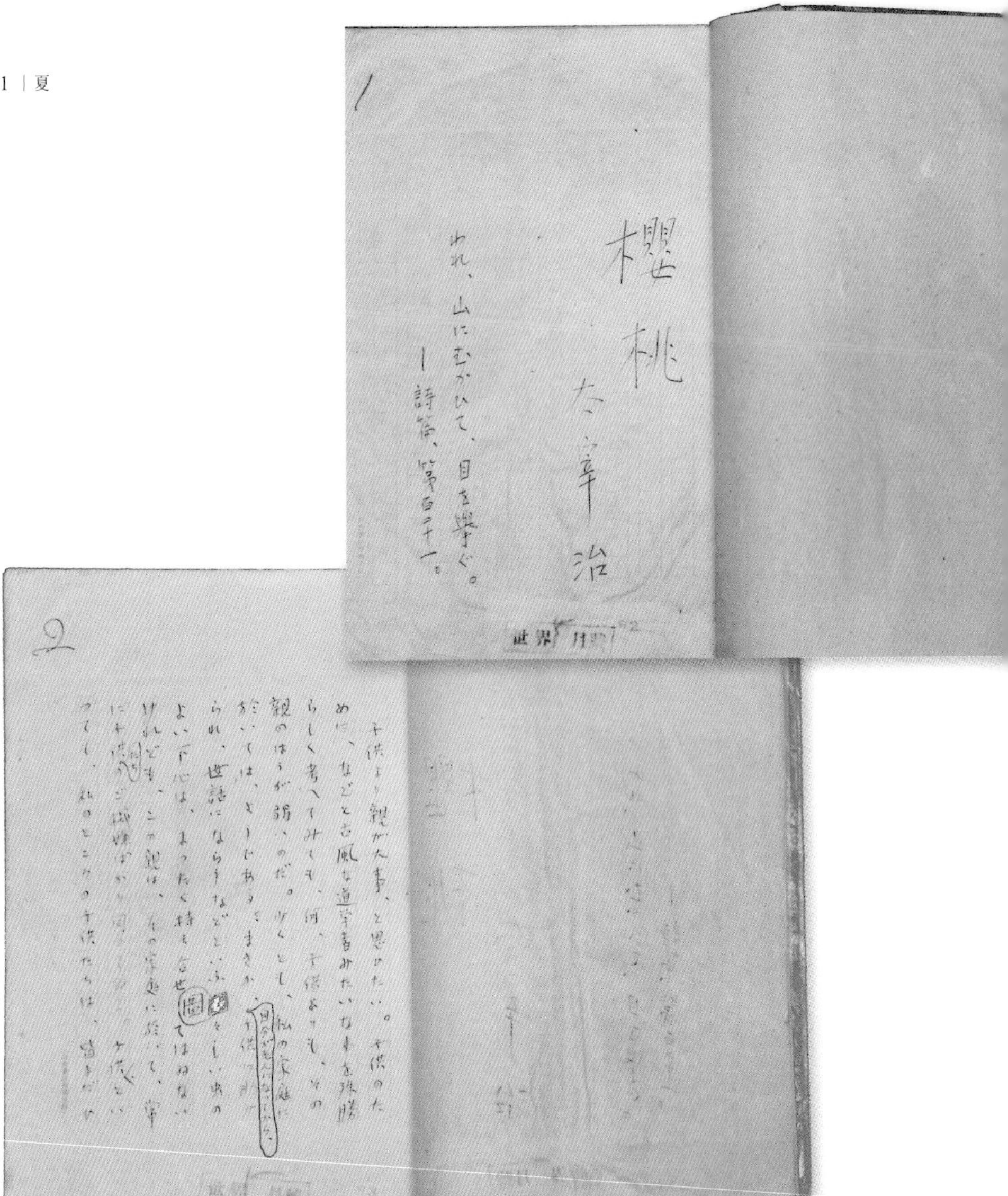

桜桃 ——太宰治

二五・九×一八・三（cm）／「世界」（一九四八（昭和二三）年五月）掲載、没後の同年七月刊

●エッセイ

爪紅の花

栗木京子

鳳仙花は丈夫な花で、どのような所でもよく育つ。立派な庭園で栽培するというより、路地に面した小さな庭先に咲き満ちているのが似合う花である。初夏から真夏、そして秋の初めにかけて、強い日差しを受けながら鳳仙花の咲く様子は、見る者の気持ちを明るくさせる。

私にとって、鳳仙花は子どもの頃から馴染みの深い花である。現在は品種改良が進んで白やピンクや紫、さらに白とピンクの混じったものなどさまざまな種類があるが、かつては鳳仙花といえば赤い花ばかりであった。水気を含んだやわらかい花びらを摘んで指先でこすると、うっすらと赤い色が付く。その赤い色がうれしくて、小学生の私は学校帰りに友だちといっしょに花を摘んでは手の甲に塗ってみたり、ハンカチにこすりつけたりしたものであった。当時の私は知らなかったのだが、鳳仙花の古名は「爪紅（つまべに、つまくれなゐ）」という。いにしえの女性たちが花びらの汁で爪を紅く染めたことからその名が付いた、という。小学生の私は無意識のうちに遠い昔の少女子《おとめご》と同じお洒落をしていたわけである。

そして、鳳仙花といえば花とともに特徴的なのがその種である。熟すと果皮が弾け、かなり遠くまで種が飛び散る。それが面白くて、指で触れては果実をいくつも破裂させたりした。自然に弾けるのを待たずに、触れて種を飛ばす。その感触をいま思い出してみると、小気味よいような感じもするし、どこか残酷なことをしているような印象も残る。

鳳仙花照らすゆふ日におのづからその実のわれて秋くれむとす

金子薫園『かたわれ月』

金子薫園は明治、大正、昭和の歌壇で活躍し、叙景詩運動を進めた人物である。彼の初期作品に鳳仙花の実の割れる様子をこのように詠んだ一首がある。絵画的な鮮やかさがあり、静謐な中にもロマン性の漂う情景といえるであろう。一方、

鳳仙花弾けむとして咲き乱れ叫喚地獄のやうなるしづけさ

島田修三『晴朗悲歌集』

現代の歌人・島田修三の詠む鳳仙花は擬人化されていてかなり生々しい。「咲き乱れ」や「叫喚地獄」は強い表現だが、ただし結句を「しづけさ」でまとめたところに注目すべきであろう。鳳仙花を見ていると、咲き乱れつつもどこか毅然とした落ち着きを保っている感じを受ける。島田は「しづけさ」によって花のそんなたたずまいを表現したかったのではなかろうか。

ほうせんか夕日に透きて太きかな一念の意志みゆるは清く

馬場あき子『雪鬼華麗』

馬場のこの歌も、島田の歌と通じ合う緊張感を持っている。「太きかな」は茎を見ているのであろう。花びらでなく逆光に映える茎を凝視しているのがひじょうに個性的で、下句の思索性の濃い表現と相俟って一首に述志の歌としての風格をもたらしている。

馬場あき子が「一念の意志みゆるは清く」と鳳仙花のいさぎよさを称えたのは、鳳仙花は余すところなく種子を飛ばしてしまうからではないかと思う。出し惜しみなどしない。パッとすべてを放擲して、すっからかんになる。その感じを馬場は「清く」と捉えたのであろうし、私もまた鳳仙花の思い切りの良さを好ましく感じるのである。だから、

みづからをこの世にすべて零《こぼ》し終へ消ゆればたのし鳳仙花咲く

栗木京子『しらまゆみ』

と私が詠んだのは、「鳳仙花の去り際」への羨望が根底にあるから、と解釈していただいて構わない。せっかくこの世に生を受けたのだから、自分にできることは（許される範囲内でだが）すべてやってみたい。けれども、そのあとのことには拘らない。やるだけやったらさっと消えるのが一番、と考えている。いささか格好をつけすぎて恥ずかしい気もするが、それが鳳仙花の花に託した私の生の理想像なのである。

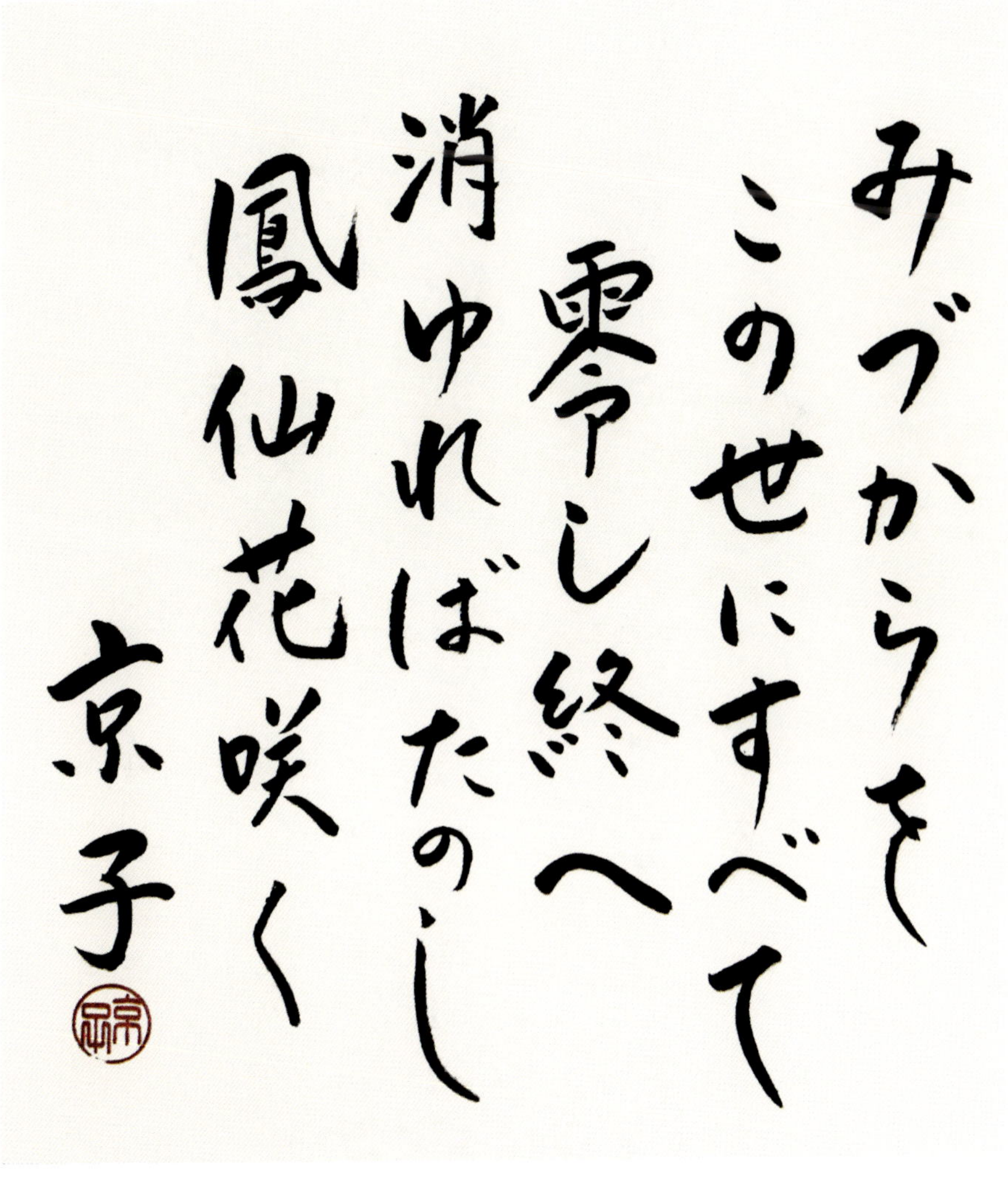

みづからを
この世にすべて
零し終へ
消ゆればたのし
鳳仙花咲く

——栗木京子

二七・〇×二四・〇（cm）／
二〇〇六（平成一八）
～二〇一〇年作
『しらまゆみ』（二〇一〇
［平成二二］年）より

『土』
表紙（ホウセンカ）と扉（オダマキ）
——長塚節 著・平福百穂 装幀
二二・五×一五・三（cm）／一九一二（明治四五）年、春陽堂

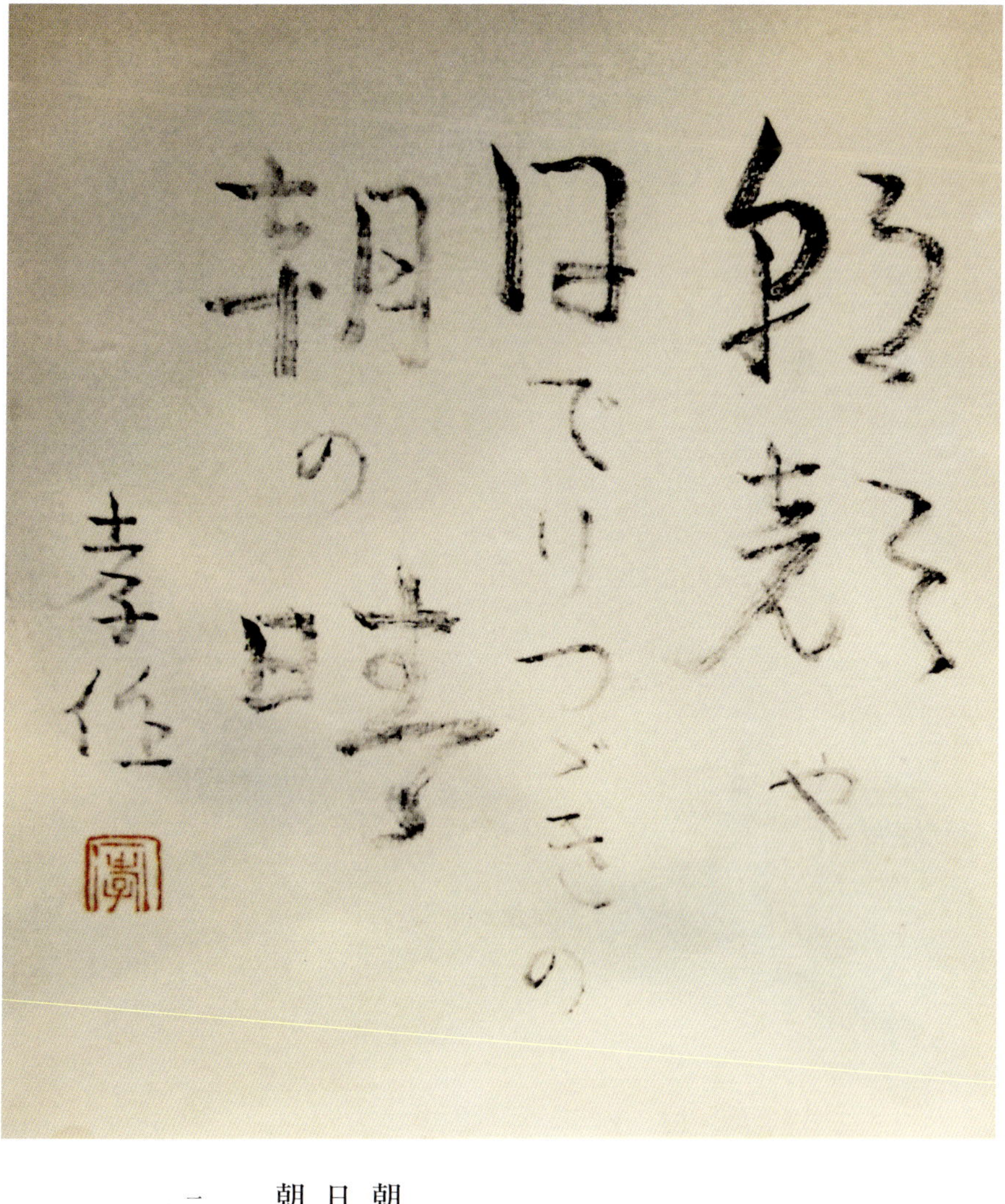

朝顔や
日でりつゞきの
朝の晴

――瀧井孝作

二七・二×二四・二（㎝）
／「小説新潮」一九六四
（昭和三九）年七月掲載
『瀧井孝作全句集』（一九七四
［昭和四九］年）より

銀漢の闇にひらける山百合のかたはら過ぎてつひに山人　——前登志夫

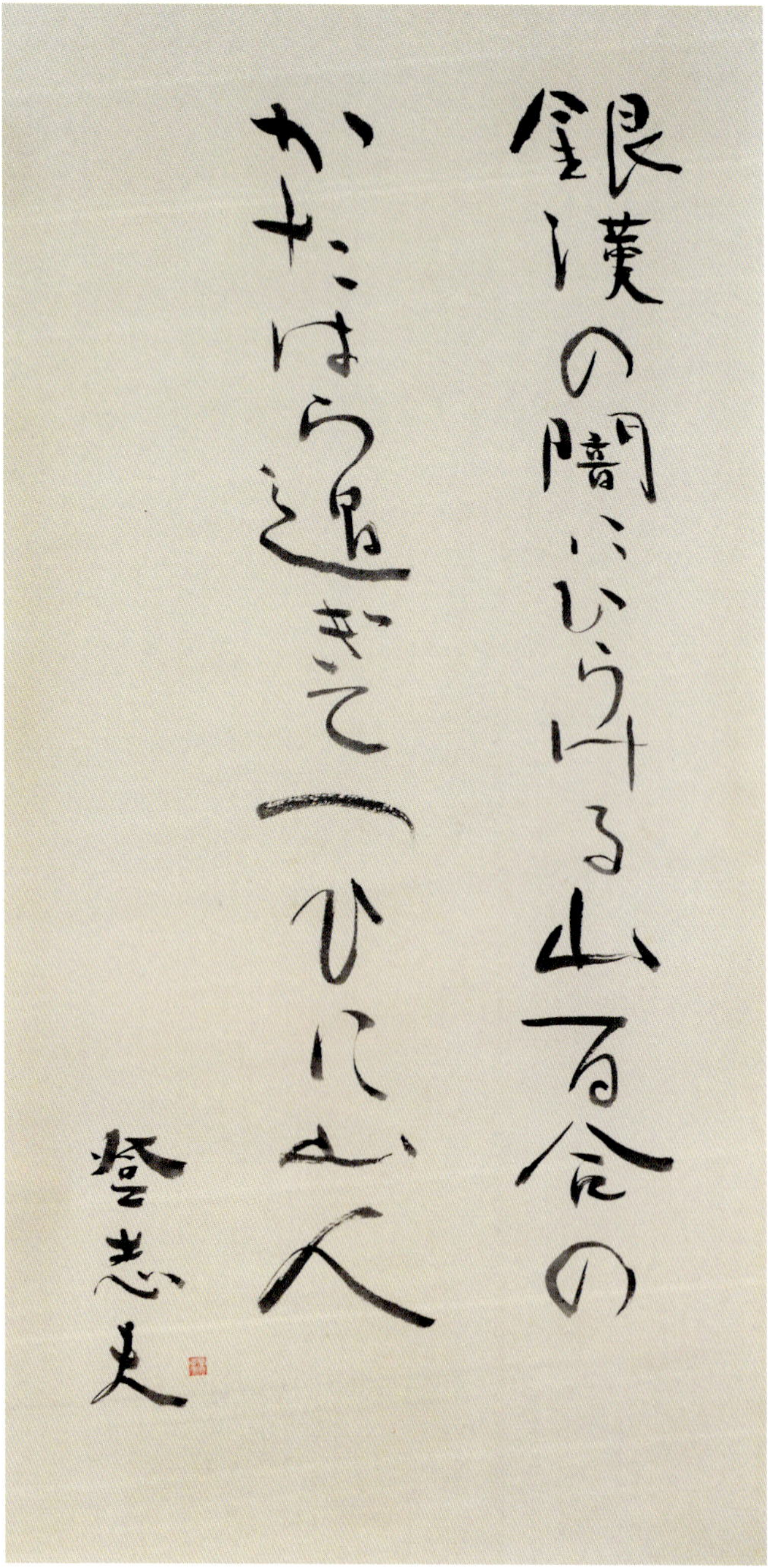
銀漢の闇にひらける山百合の
かたはら過ぎてつひに山人
登志夫

一三六・〇×六七・八（cm）／一九九七（平成九）～一九九九年作、『鳥總立《とぶさだて》』（二〇〇三［平成一五］年）より
「わたしの歌は、人間のいのちの原初としての存在を問ふ稚拙な苦しみそのもの」と作者は言う

青土社

刊行案内

No.85　Autumn 2012

■ 小社の最新刊は月刊誌「ユリイカ」「現代思想」の巻末新刊案内をご覧ください。

■ ご注文はなるべくお近くの書店にてお願いいたします。

■ 小社に直接ご注文の場合は、下記へお電話でお問い合わせ下さい。

■ 定価表示はすべて税込です。

東京都千代田区神田神保町1-29市瀬ビル

〒101-0051　TEL03-3294-7829

http://www.seidosha.co.jp

バナッハ＝タルスキの逆説　豆と太陽は同じ大きさ？
●L・M・ワプナー／佐藤かおり他訳
そんなこと絶対ありえない?!現代数学の重要課題を召喚する、数学的発見・パズルの魅力。　¥2310

数学オリンピックチャンピオンの美しい解き方
●T・タオ／寺嶋英志訳
数学オリンピック最年少金メダリストによる、誰でも楽しめる理想の数学教室。　¥1995

リーマン予想は解決するのか？　絶対数学の戦略
●黒川信重＋小島寛之
沸き立つ数学界の最前線をめぐる白熱の対話。21世紀数学の要、F1スキームとは何か？　¥1890

宇宙の向こう側　量子、五次元、ワープト・スロート
●横山順一＋竹内薫
量子、次元、ひも理論をはじめ、量子宇宙のめくるめく世界観をわかりやすく解説。　¥1890

量子力学は世界を記述できるか
●佐藤文隆
量子力学の登場によって、世界は、そして科学の意味はいかに変わったのか？　¥1995

＊は新装版

インド神話	●V・イオンズ	¥2520
北欧神話	●H・R・E・デイヴィッドソン	¥2520
エジプト神話	●V・イオンズ	¥1890
ユダヤの神話伝説	●D・ゴールドスタイン	¥2730
ペルー・インカの神話	●H・オズボーン	¥2520
マヤ・アステカの神話	●I・ニコルソン	¥2730
ローマ神話	●S・ペローン	¥2520
オリエント神話	●J・グレイ	¥2940
アメリカ・インディアン神話	●C・バーランド	¥2310
ゲルマン神話　上・下	●R・テッツナー	上¥2520 下¥2940
北欧神話物語	●K・クロスリィ-ホランド	¥2520
神の仮面　上・下	●J・キャンベル	各¥2940

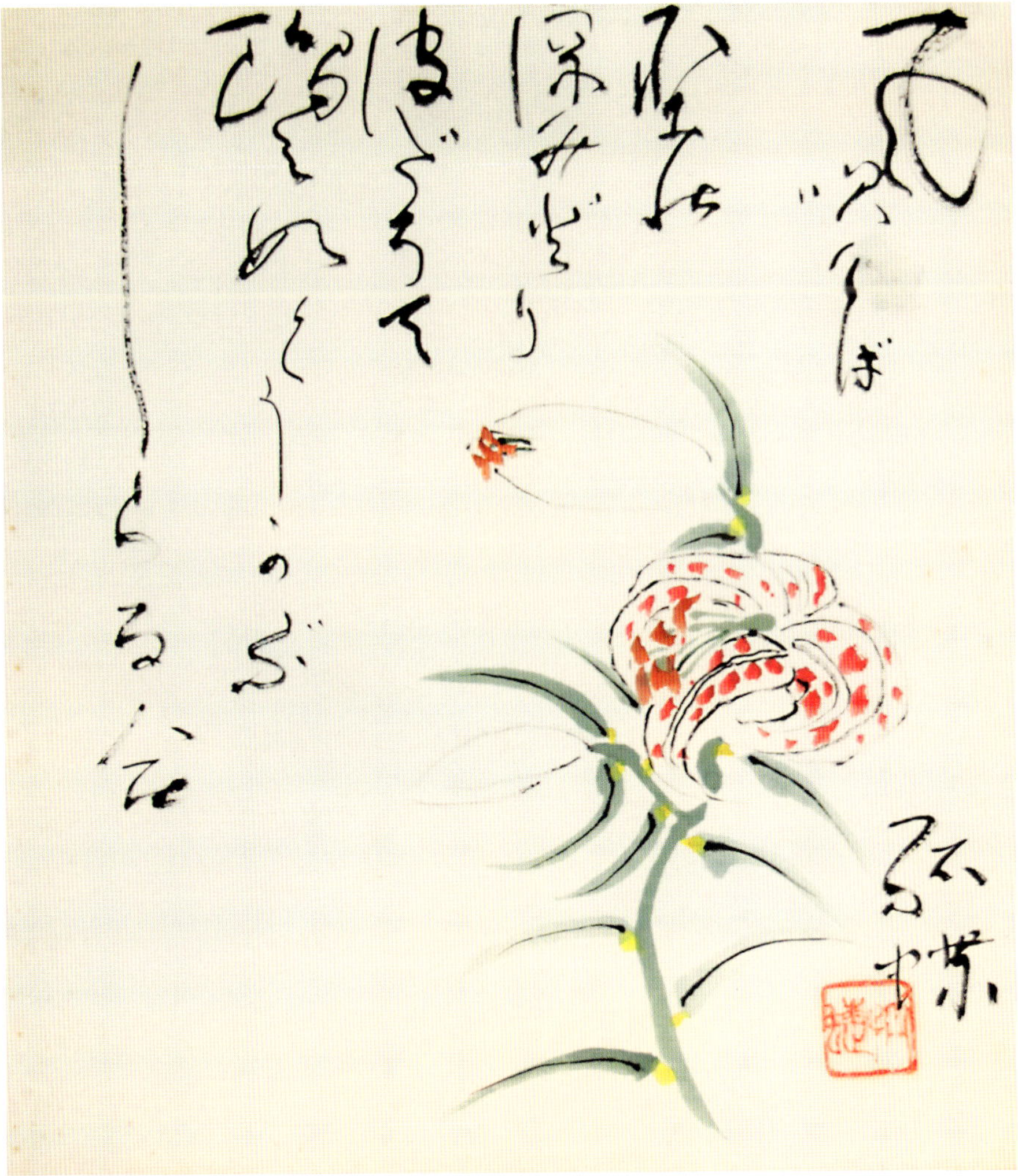

風吹けば
野の深みどり
波だちて
鷗の如くうかぶ
しら百合

——馬場孤蝶 書・画

二七・二×二四・三（㎝）／
与謝野寛・晶子夫妻旧蔵

孤蝶の書画を「一々にみづから楽んでお書きにな」り、「純情と雅懐」が溢れていると評した与謝野夫妻の手紙がある
（『与謝野寛晶子書簡集成』第四巻四八五）

ハコネバラ（サンショウバラ）など

――高見順 画

一七・八×二五・三（㎝）／スケッチブックより（見開き五点）。一九五四（昭和二九）年五月〜七月、箱根にて

◁ホタルブクロ

――高見順 画

二九・〇×二一・八（㎝）／一九四九（昭和二四）年七月二七日、箱根・仙石原にて

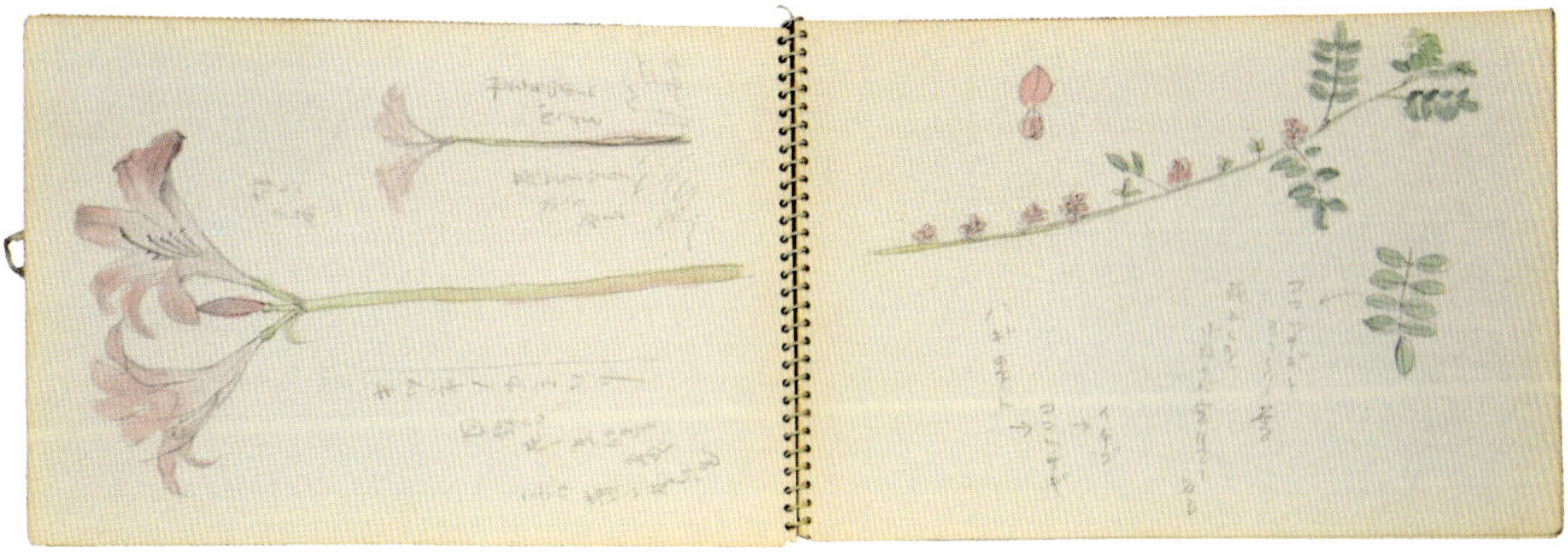

ガク

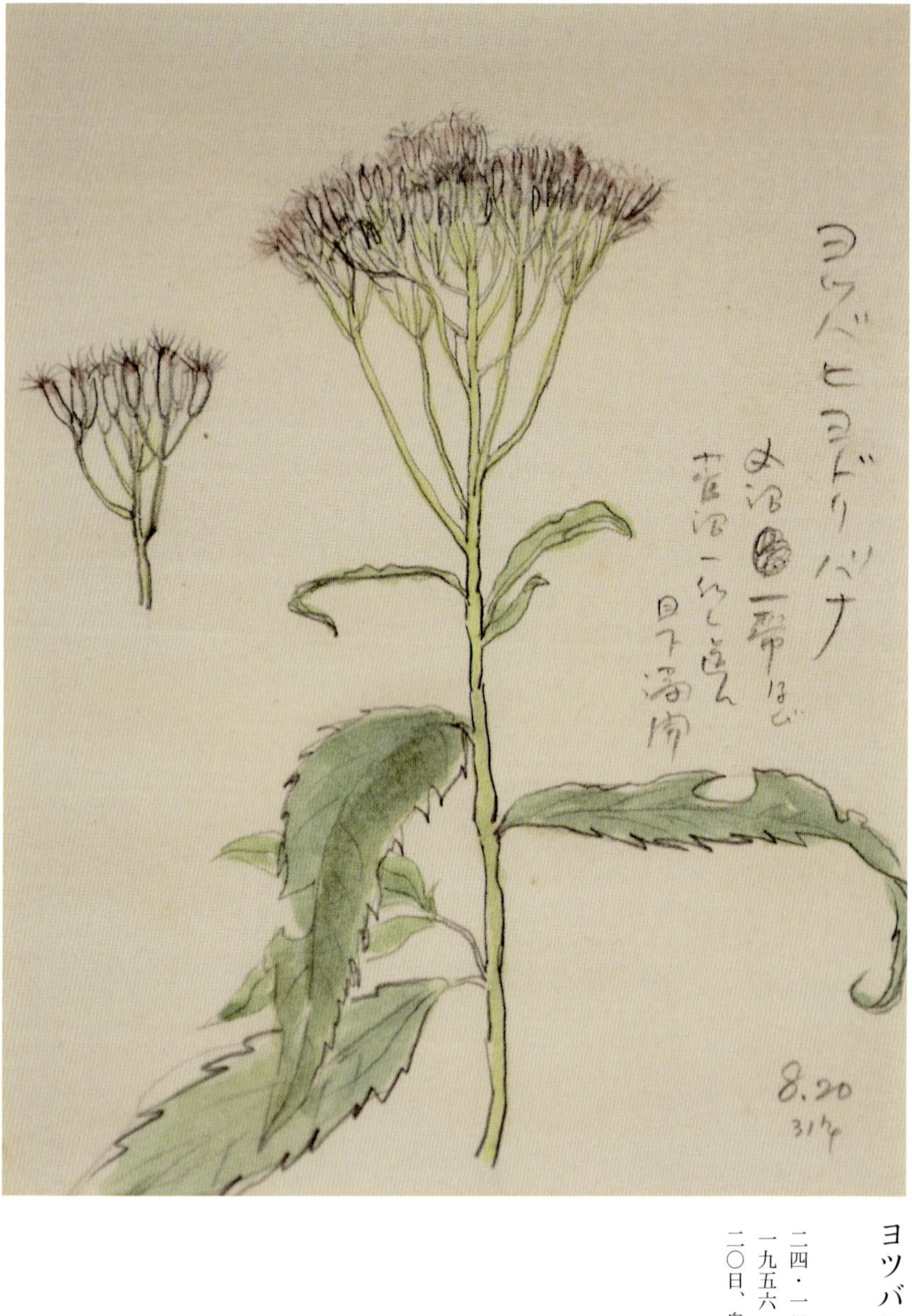

ヨツバヒヨドリバナ

——高見順 画

二四・一×一六・七（㎝）／一九五六（昭和三一）年八月二〇日、奥日光にて

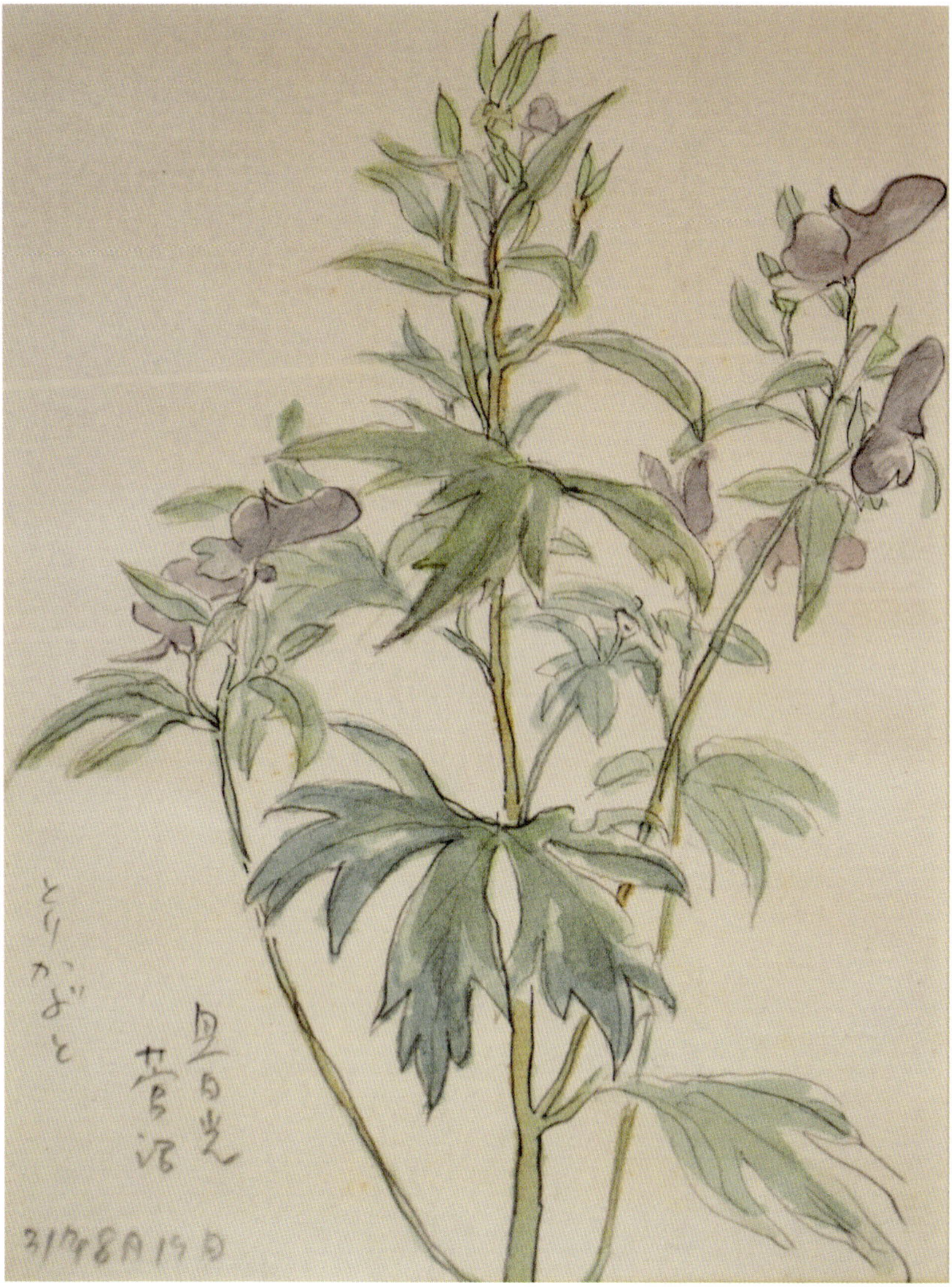

とりかぶと

——高見順 画

二四・四×一六・九（cm）／一九五六（昭和三一）年八月一九日、奥日光・菅沼にて

ヤナギラン
——高見順 画
二四・五×一六・九（㎝）
／一九五六（昭和三一）年
八月二一日、奥日光・丸沼
にて

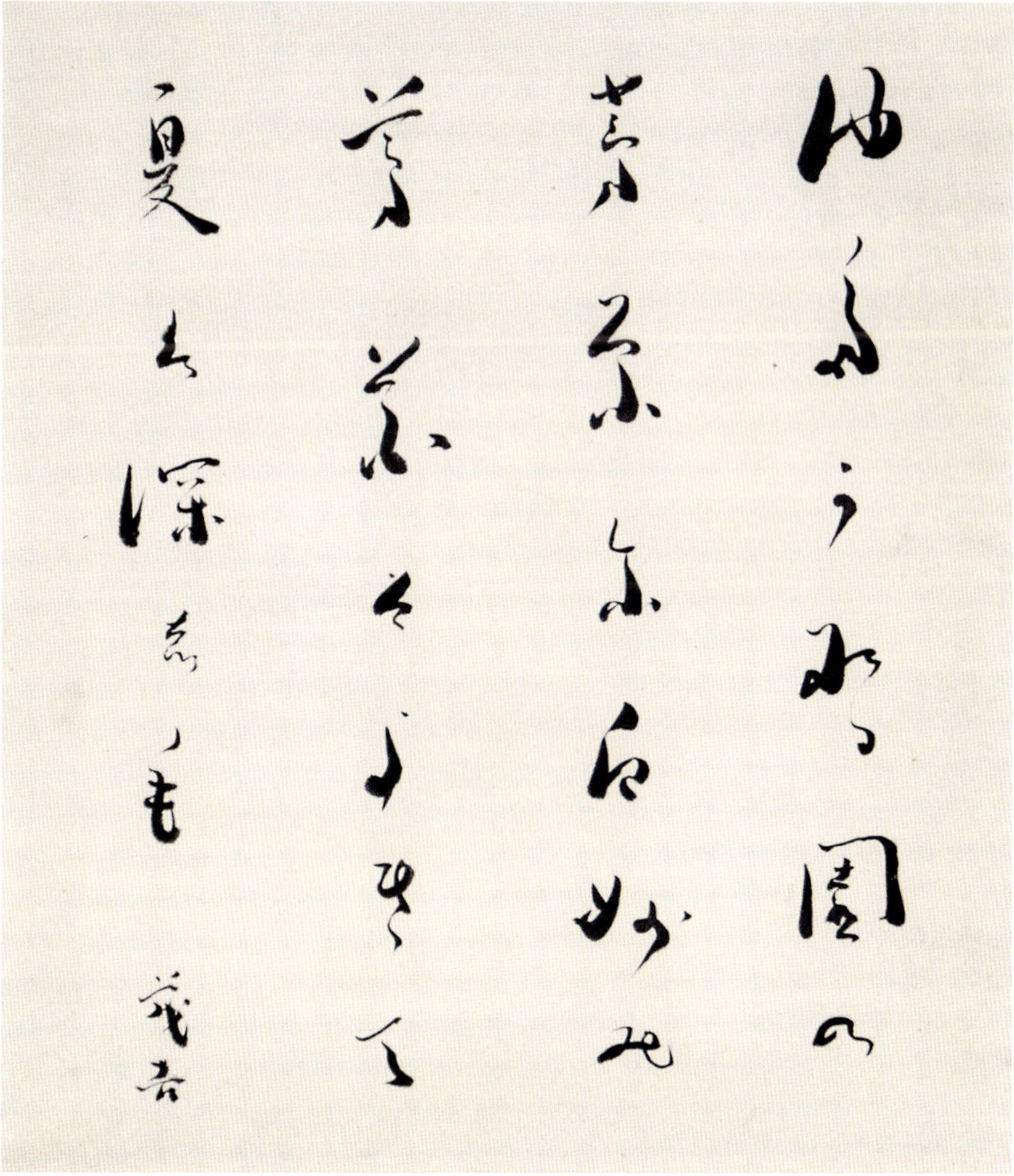

ゆたかなる園の
茅原に白妙の茅花
そよぎて夏は深しも
――斎藤茂吉

二六・六×二三・五（㎝）／一九四三（昭和一八）年作
『小園』（一九四九［昭和二四］年）より

水虎晩帰之図　――芥川龍之介画

六六・二×一七・三（cm）

芥川の主治医で書画愛好の友でもあった下島勲旧蔵

下島勲著『芥川龍之介の回想』（一九四七〔昭和二二〕年）表紙に用いられている

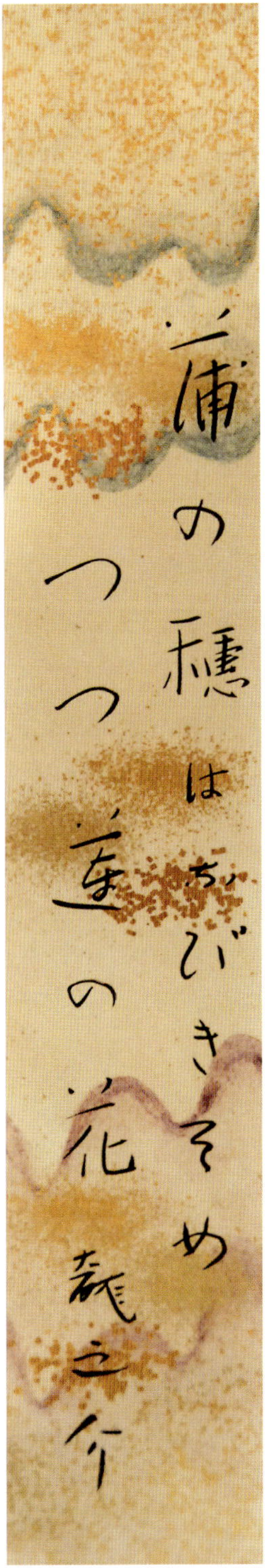
蒲の穂はなびきそめつつ蓮の花
龍之介

蒲の穂はなびきそめつつ蓮の花　――芥川龍之介

三六・〇×六・一（㎝）／「澄江堂句抄」には、「我孫子なる折柴を訪ふ」と前書がある。一九二二（大正一一）年夏、はじめて志賀直哉を訪ねた折の句で、折柴は瀧井孝作の俳号

『梅・馬・鶯』より

駒ヶ根に日和定めて稲の花　――井上井月

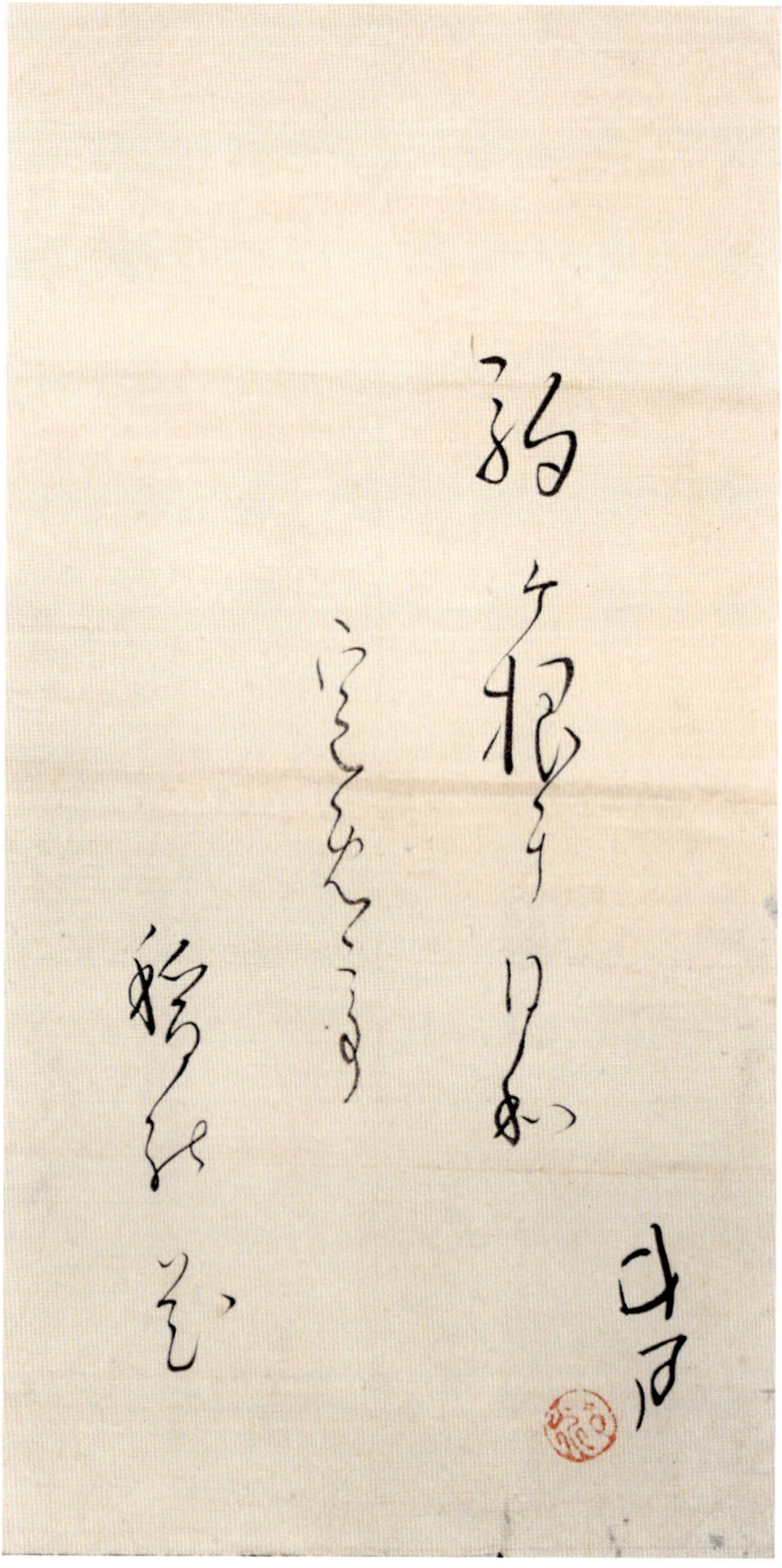

三〇・〇×一五・四（㎝）／芥川龍之介旧蔵のこの書は『井月の句集』（下島勲編　一九二一［大正一〇］年）に図版でも紹介されている
『井月全集』（下島勲・高津才次郎編　一九三〇［昭和五］年）に再録

碑銘　遠き日の石に刻み　砂に影おち　崩れ墜つ天地のまなか　一輪の花の幻　――原民喜

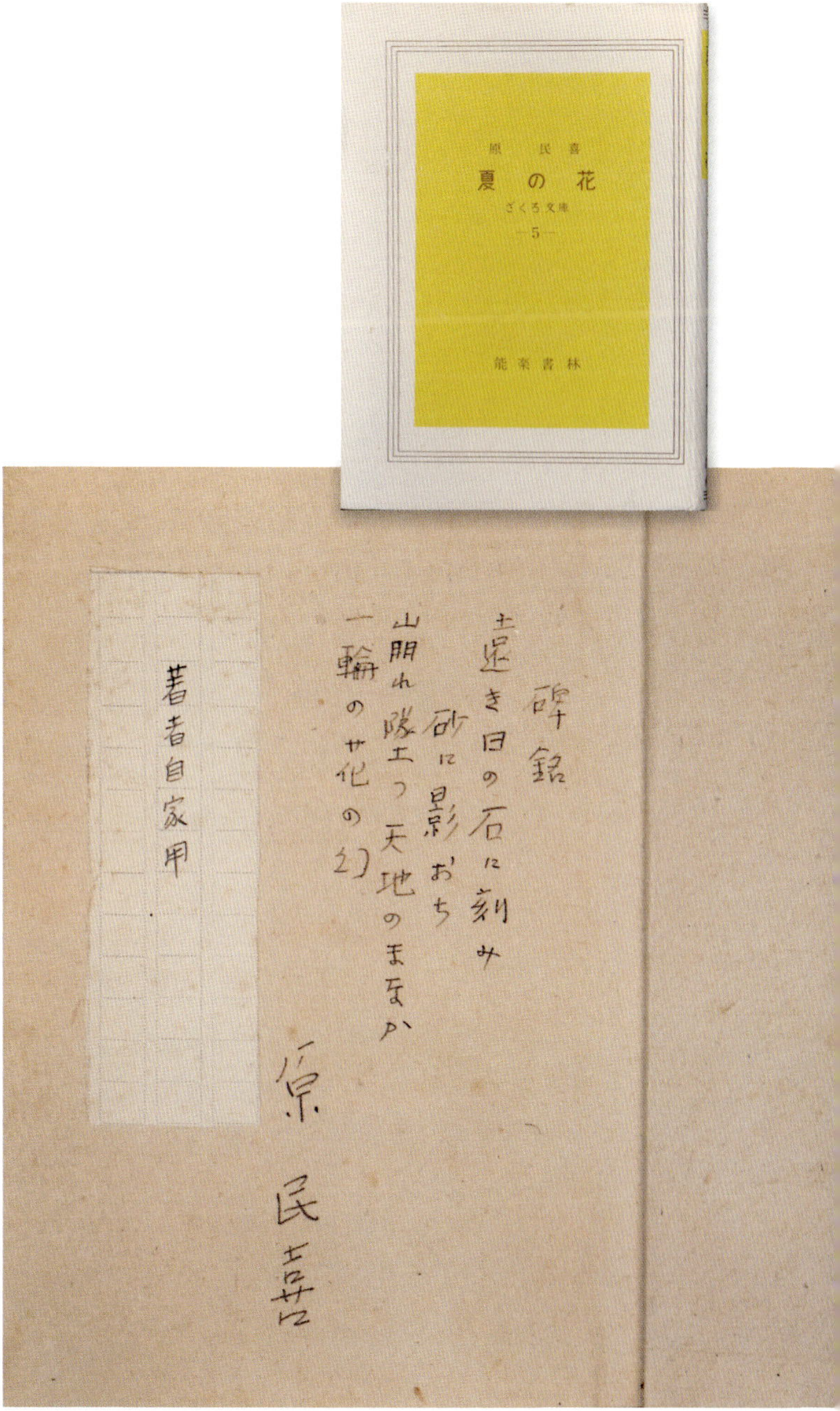

一八・三×一三・八（㎝）／『夏の花』（一九四九［昭和二四］年）著者自家用本への書込み。
作者は広島で被爆、「このことを書きのこさねばならない」との思いで同書を著した

秋から冬へ

第五部

第五部でもっとも一世を風靡したのは竹久夢二「待てど暮せど来ぬ人を待宵草のやるせなさ　今宵は月も出ぬさうな」であろう。歌謡は「宵待草」として知られているが、原作は「待宵草」と記されている。夏目漱石「あるほどの菊なげ入れよ棺の中」は漱石の愛弟子、大塚楠緒子が夭折したさいの作、古今の悼句中の名句である。「思ひ出す事など」七下の末尾所収。「あかのまんまの咲く小路にふみ迷う秋の日」の『旅人かえらず』の西脇順三郎の前衛的な詩法を見る。現代詩の作者は必ずしも現代社会の錯雑した迷路にふみまようわけではない。「あかのまんまの咲く小路」にも迷いを感じるのである。「たったひとり君だけが抜けし秋の日のコスモスに射すこの世の光」は永田和宏の愛妻、河野裕子のための悼歌。「ただひとり君のみ」と表現せず「たったひとり君だけ」と口語まじりで歌った現代短歌だが、とりのこされた者の寂寥が身に沁みる作である。秋といえば若山牧水の「かたはらに秋くさの花かたるらくほろびしものはなつかしきかな」は明治期の浪漫的歌風を代表する作だが、展示は拓本である。これに反し「ゆふされば大根の葉にふる時雨いたく寂しく降りにけるかも」は『あらたま』所収の斎藤茂吉の写実的な歌風を示す作。与謝野晶子の「白鳥が生みたる花のここちして朝夕めづる水仙の花」も愛すべき作だが、黒田杏子「水仙のひとかたまりの香とおもふ」は冬の日の清涼の感に身が包まれるかの如き佳作、晶子の作に比し、いかにも現代的、新鮮である。鷹羽狩行「人の世に花を絶やさず返り花」はいつも私たちは花とともに生きていることを教えてくれるであろう。また、新川和江の詩「ふゆのさくら」には戦後女性詩人の豊かな成熟が認められるであろう。

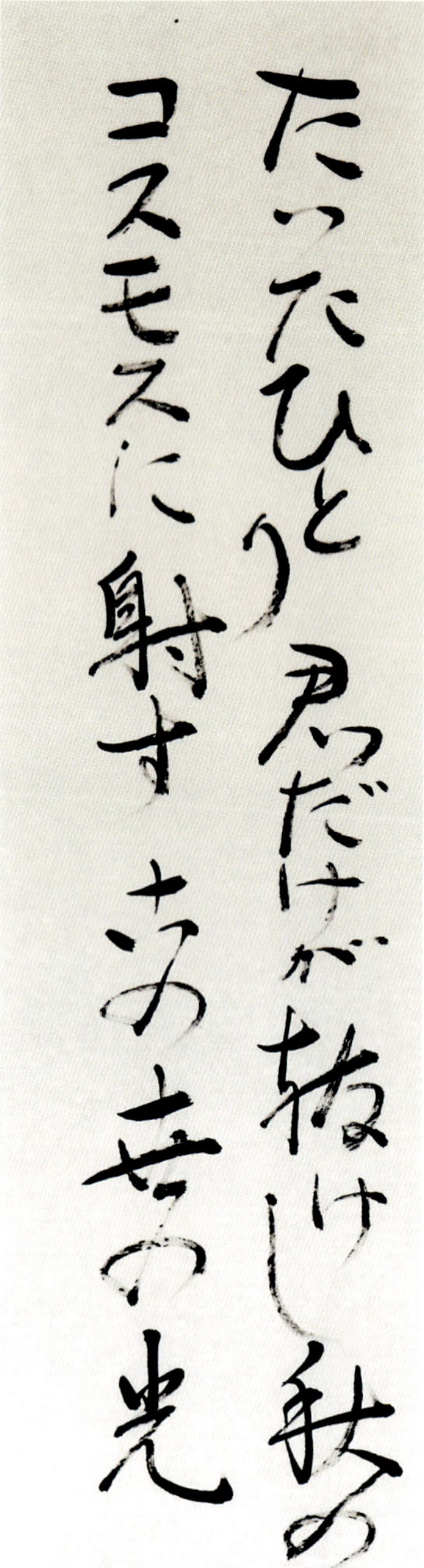
たったひとり君だけが抜けし秋の日の
コスモスに射すこの世の光
和宏

たったひとり君だけが抜けし秋の日のコスモスに射すこの世の光　――永田和宏

一三七・〇×三五・〇（㎝）／
二〇一〇（平成二二）年作『夏・二〇一〇』（二〇一二［平成二四］年）より

●エッセイ

植物音痴

永田和宏

人の顔が覚えられない。ほとんど病気である。

たとえば学会などで講演をしている人がいる。彼をつかまえてもう少し詳しく質問しようと、休憩時間に同じ会場にいる聴衆のなかから彼を探そうとすると、途端に見分けがつかなくなる。壇上に居るあいだに必死にその顔を覚え込もうとして、覚えたはずなのに、三〇分も経たず彼が降壇してしまうと、その場にいる誰の顔も、なんだかほとんど同じに見えてしまう。質問に行こうにも、誰が誰だかわからない。茫然とする。

どこにどう欠陥があるのかよくわからないが、どうも私の脳には、パターン認識という一点で、どこか著しい欠損ないしは欠陥があるようだ。だからパーティは苦手。にこやかに向こうから来られても、誰なのか名前の思い出せない場合が多い。何度か会った記憶は確かにあるから、今さら尋ねるわけにもいかない。なんとか一刻も早くその場を逃げ出したいと焦るばかりである。

妻の河野裕子が一緒に居てくれるときはまだ良かった。私の欠陥をよく心得ているから、横でそっと耳打ちしてくれる。ありがたかったが、そんな相棒が居なくなってしまうと、歌人などのパーティに出るのは苦痛以外のものではなくなってくる。多くは欠席するようになった。やれやれ。

人ばかりでなく、植物もなかなか覚えられない。

透明な秋のひかりにそよぎいしダンドボロギク　だんどぼろぎく　『華氏』

河野から教えてもらった草花は多い。これもそのひとつ。名前のおもしろさが先にあっての歌である。段戸山で見つかったぼろぎくだからダンドボロギクと言うのよと、その一見なんの特徴もない花のまえで、河野が指さしたのが、この花であった。どこでどう見分けているのか、尊敬に値する。なんの変哲もない草である。花のあとには、白い絮がついて、あたりいちめん真っ白になるほどに絮が飛び散るのだそうだ。段戸山からいっせいに飛んでいく白い絮を想像するのは悪くない。

二度目に出あったのは、なんとわが家の庭であった。ほら、前に教えたじゃないと言われても、覚えていろというほうがどだい無理というものだ。私が植物音痴だとあきれることに喜びを見出していたフシもあるが、実際、むかし学生時代、葉牡丹をキャベツと言って唖然とされたことがあった。繰りかえしそれをもちだしては喜んでいた。

たかさぶろうの花教えくれぬたかさぶろうの花はどうしても覚えられない　『饗庭』

タカサブロウもまたなんの変哲もないというか、何度見ても、どう覚えたらいいのかがわからない植物である。田んぼの畦などにも生えているが、菊科であり、花はまぎれもない菊の形だが、これが他のボロギクや、アレチノギクやハルノノゲシなどとどう違うのか、私には皆目わからない。教えてもらったとき、ふーんとは言ったものの、次に出あってわかる可能性はほぼゼロに近いと確信したものだ。右の歌の、早ばやと白旗を掲げた下句は、実感である。

もういちど高三郎を教へてよありふれた見分けのつかない高三郎を　『夏・二〇一〇』

河野が亡くなった今、私は一生、タカサブロウを見分けられないまま終わるのだろうとヘンな自信を持っている。そしてそれは、彼女から教えてもらったその花の名を、いまはもう誰からも教えて欲しくないという思いでもある。

河野裕子はどの花も好きだった。西洋種のものにはあまり興味を示さなかったが、ダンドボロギクやタカサブロウなどの、普通は目にとめないような花が好きだったのかも知れない。しかし、コスモスはまた別格であった。

毎年、わが家の庭にはコスモスが溢れ咲いた。コスモスは、丈が一メートルを越えると、途端に手に負えなくなる花である。茎が縦横無尽に絡まりあい、足を踏み入れることもできなくなる。河野が種を蒔くのである。茎が伸びていくのを毎日のように眺め、喜び、こまめに世話をしていた。

家に居るときはモンペを穿いていることが多かったが、庭仕事のときにはいつも日本手拭をかぶっていた。背丈を越えるコスモスの叢のなかに、紛れるように見え隠れしていた日本手拭の白を忘れない。

コスモスを踏まないでとまた声が飛ぶ背に聞く声は昔の声だ　『夏・二〇一〇』

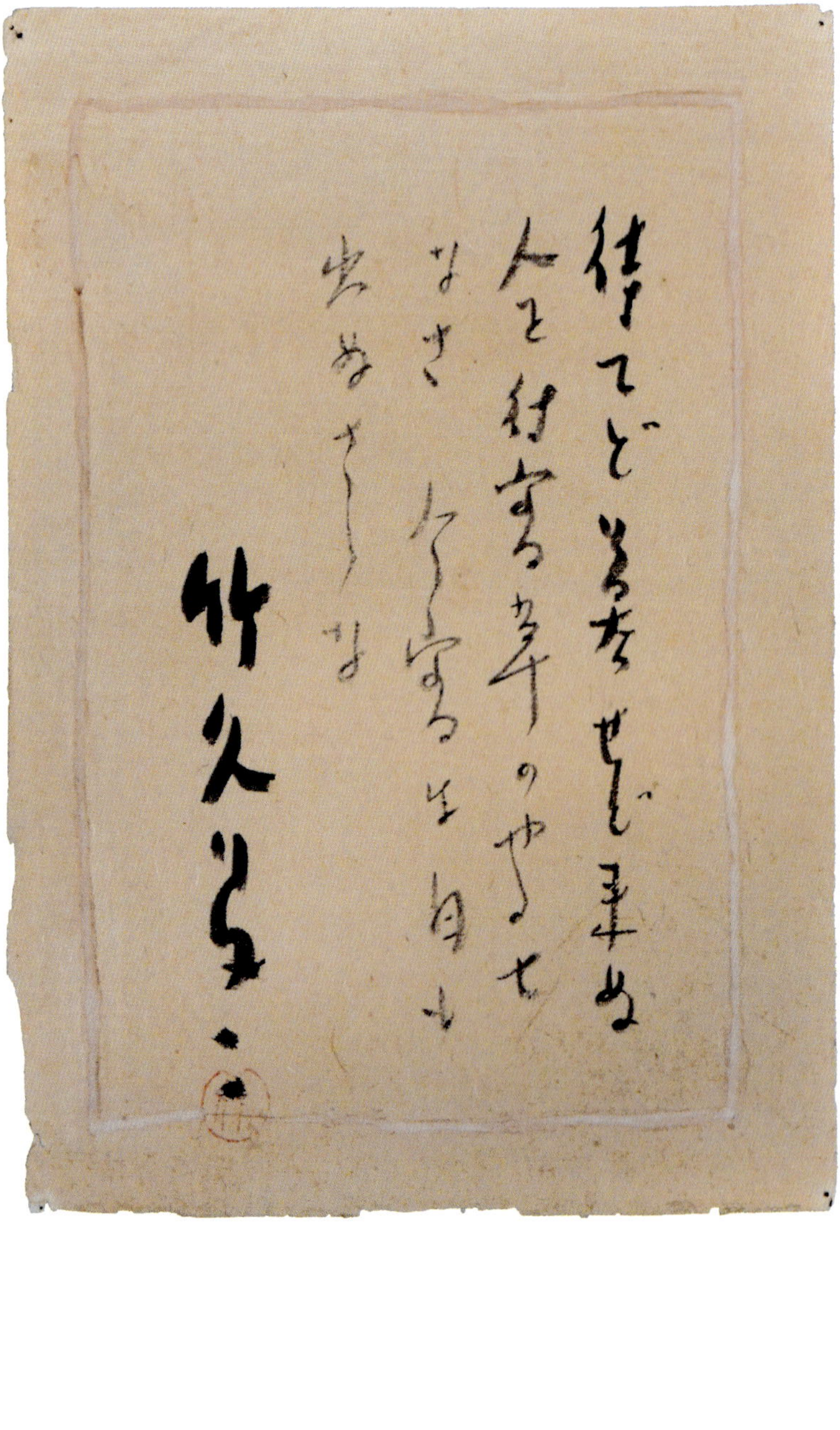

待てど暮せど来ぬ人を待宵草のやるせなさ　今宵は月も出ぬさうな　――竹久夢二

三一・五×二二・五（㎝）／一九二〇（大正九）年四月書。当初は「待宵草」であったというが、『どんたく』（一九一三［大正二］年）には、「宵待草」とある

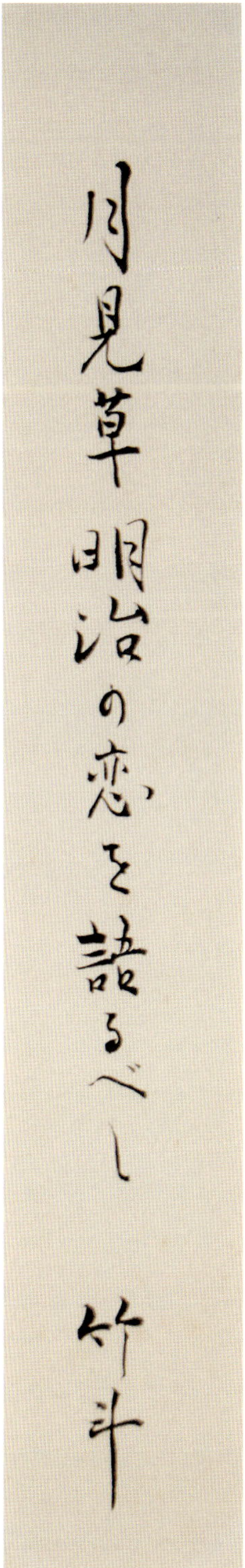
月見草明治の恋を語るべし
竹斗

月見草明治の恋を語るべし　——田岡典夫

三六・二×六・一（㎝）／「竹斗」は田岡の号・竹斗《ちくと》道者《どうじゃ》から

春信の柱絵古りぬ窓の秋

――永井荷風 書・画

扇面／一八・四×二九・〇（㎝、開いた時）／芙蓉の絵の署名「金阜」は荷風の別号

桔梗の図　——井上唖々 画

三六・〇×六・〇（㎝）／

「玉山」は、荷風とも親交のあった俳人・井上唖々の別号

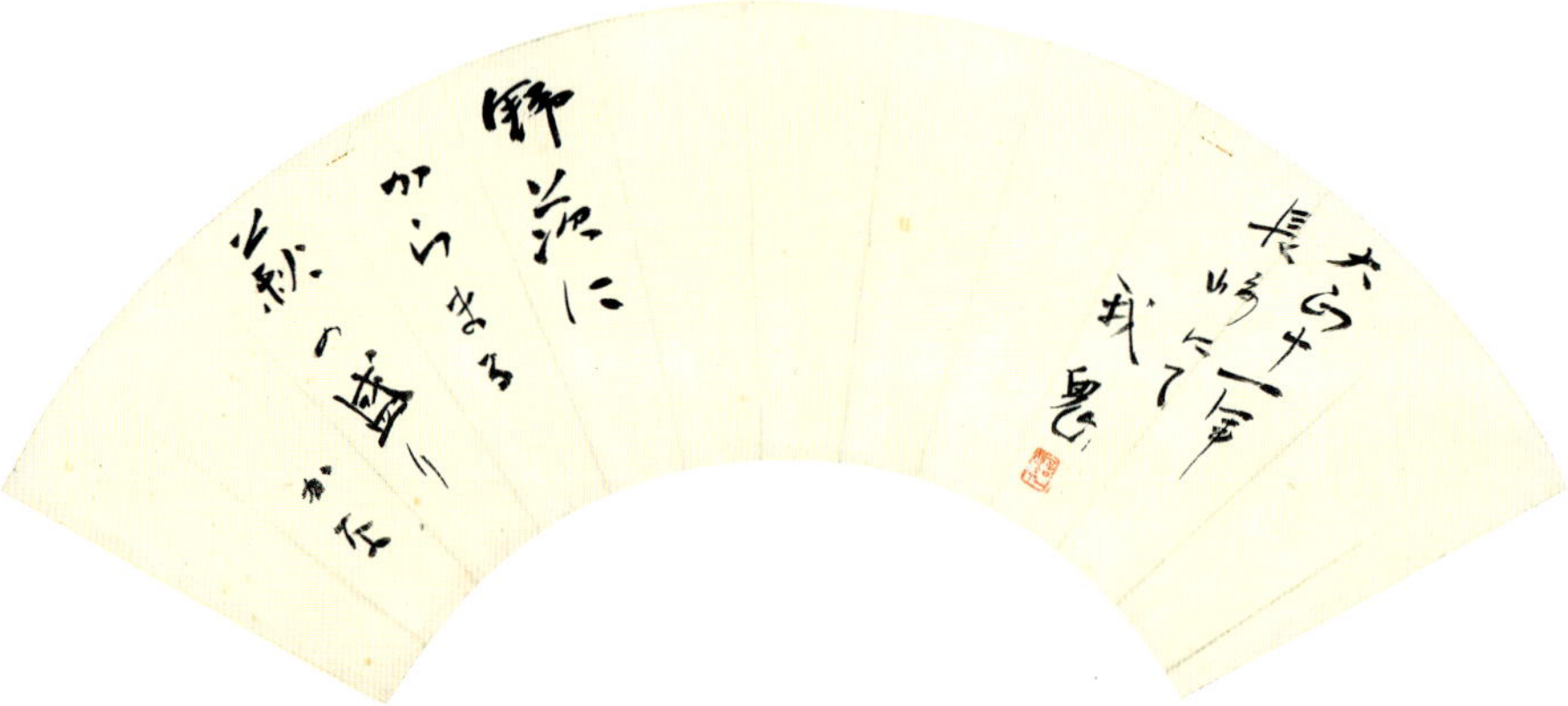

野茨にからまる萩の盛りかな

——芥川龍之介

扇面／一四・〇×三一・五（㎝）／
「澄江堂句抄」には、「相模駅にただ見たるままを」と前書。
一九二二（大正一一）年長崎にて書。『梅・馬・鶯』所収
次ページの犀星の短冊と一幅に貼りまぜ

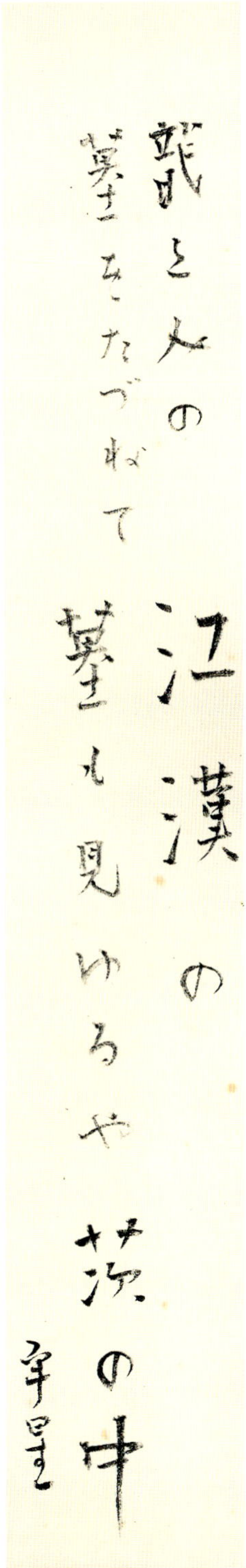

龍之介の墓をたづねて　江漢の墓も見ゆるや茨の中　——室生犀星

三六・〇×五・八（㎝）／芥川の一周忌も近い一九二八（昭和三）年六月の作。芥川と犀星はともに田端に住み、句友でもあった。芥川の眠る慈眼寺（もと深川本村町、のち巣鴨に移転）には、蘭学者・画家の司馬江漢の墓もある

●エッセイ

花の名前

岩橋邦枝

スイートピーの花を見ると、この花が大好きだった友人を思い出す。彼女と会う最後になった病室にも、淡紅色のスイートピーが飾られていた。

彼女と私は学生時代からの古い友達だが、お互いに花の好みを知らないままで数十年過ぎた。独身の彼女が定年退職後に終の棲みかと決めた、東京近郊の高齢者用マンションへ昼食に招ばれて行くと、洋間の円卓や見晴らしのよい窓際に、紫とピンクのスイートピーがたっぷり活けてあった。「特別に好きな花」と友人は言って、いわれを聞かせてくれた。

彼女は少女時代にたまたま読んだだれかの詩で、スイートピーという花の名前を覚えた。いったいどんな花なのか、想像がつかないまま心魅かれて「スイートピー」「スイートピー」と口癖のようにとなえていた。植物図鑑でしらべてみる知恵はうかばなかった。北国の田舎で育った彼女は、地元の高校を出て東京に進学してから、憧れの幻の花にようやく逢った。街の花屋で初めて見たとき、可憐な柔かい洋花のすがたと雰囲気が、気に入っていた名前としっくり結びついて彼女を魅了した。その後も花屋の店先でスイートピーが目にとまると見惚れたが、倹約な学生生活では滅多に買えなかった。

敗戦後の貧しさがまだつづいていて、彼女とかぎらずアルバイトでかつかつに暮す学生が多い時代だった。私も在学中、家庭教師の報酬を毎月先ず食費と本代に当てた。花には関心が薄かったようで、買って飾ったことがあるかどうか憶えていない。私は昭和二十八年春に九州から上京して、一年上級の彼女と同じ女子大の寮に入った。翌年の春休みに二人で寮から町工場のアルバイトにかよって以来気の合う友達になり、中年期にしばらく年賀状のやりとりだけで過ぎたあとも、会えばたちまち会話が弾んだ。しかし花にまつわる話はしたことがない。それとも私がおざなりに聞きながしたのか。旧友としゃべりたい事柄が、ほかにたくさんあった。

十代の頃に花の名前を教えてくれた詩が、私にもある。北原白秋の詩だ。友人のスイートピーの話に促されてちらと思い出したが、そのときもほかの関心事にすぐ話題が移ってそれきりになった。

北原白秋の詩「曼珠沙華」を、私は中学時代に初めて読んだ。

GONSHAN《ゴンシャン》. GONSHAN《ゴンシャン》. 何処《どこ》へゆく。
赤い、御墓《おはか》の曼珠沙華《ひがんばな》、
曼珠沙華、
けふも手折りに来たわいな。

花の名についているルビを見て私はとまどい、白秋の詩集を貸してくれた従姉に聞いてみた。「そうよ、彼岸花と曼珠沙華は同じ花よ」と従姉は、まんじゅしゃげとよんで答えた。

母とひとりっ子の私が戦時中に広島から縁故疎開して、戦後も住みついた北九州の小都市では、川土手や墓地に彼岸花が群生して、その名のとおり秋のお彼岸に合わせていっせいに咲きそろった。花を摘んではいけない、根っこに毒がある、と祖母に叱られて花束をつくりたい気持が失せてからも美しいと思いつづけていた。曼珠沙華という名前は、燃えるような緋色の華やかな花にぴったりで私を歓ばせた。曼珠沙華は梵語で赤い色を表わす、とのちに知った。

白秋を礼讃して、日帰りで行ける白秋のふるさとの柳川へ私を案内すると約束した従姉が、柳川行きをはたす前に詩から演劇に情熱を移すと、私の白秋熱もさめて、もっぱら小説を乱読するようになったが、「曼珠沙華」からうけた印象は消えずに生きていた。和名の彼岸花は、蠱惑的な花のすがたにそぐわない気がする。今もって私は、語感も字面《づら》も曼珠沙華でなければ承知できない。

われにつきゐしサタン離れぬ曼珠沙華　　杉田久女

もう充分にあなたのことを思つたから今日のわたしは曼珠沙華　　宮英子

それぞれ曼珠沙華にたくす心象はまったく異なるが、どちらも和名の彼岸花では成りたたない句と短歌だ。

詩歌は散文とちがって、言葉の一つ一つが粒立ってきらめきを放つので、詩歌にうたわれている花の名前が私たちに訴えてくる魅力もつよいのだろう。

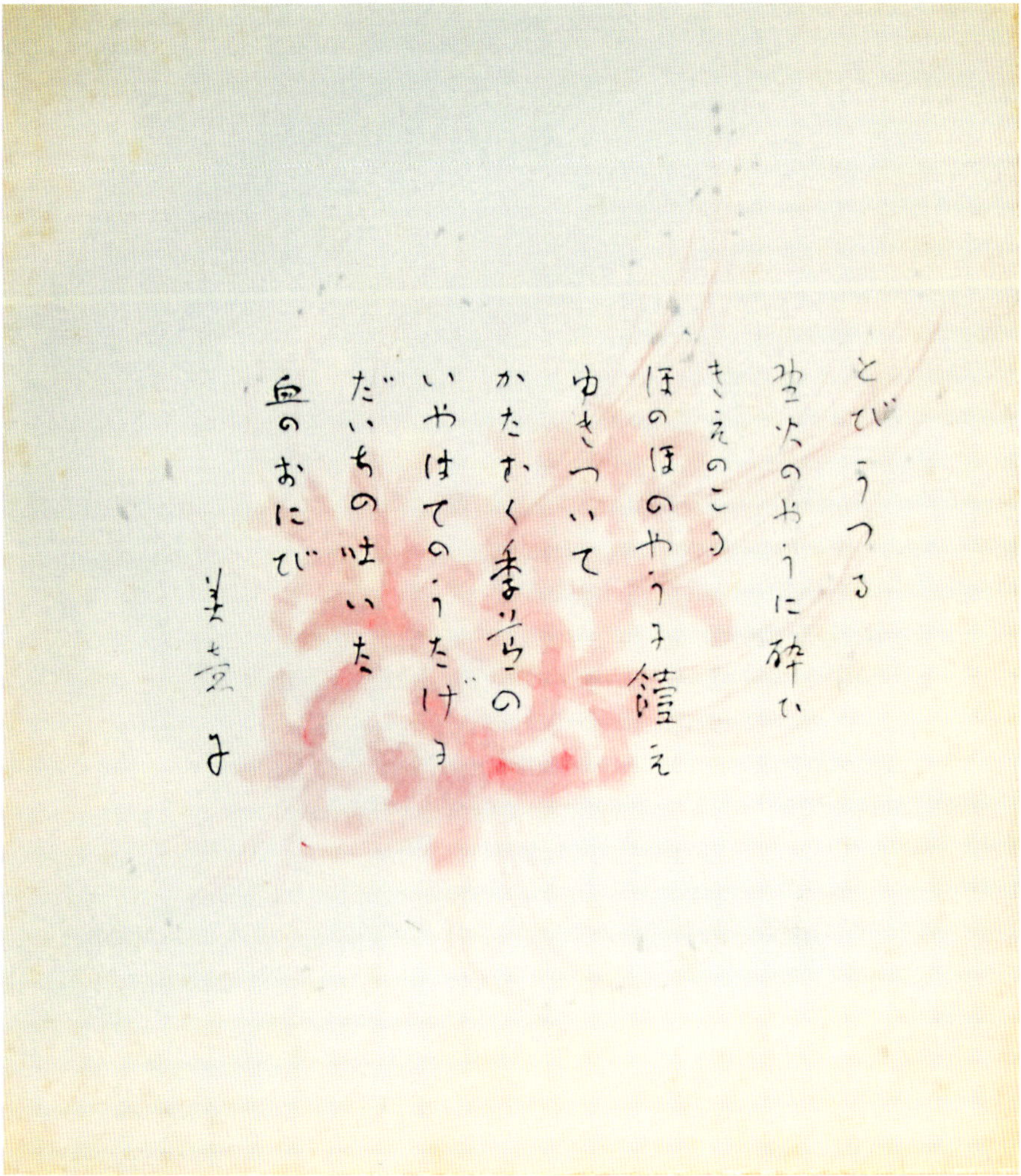

ひがん花

とびうつる
野火のやうに酔ひ
きえのこる
ほのほのやうに饐え
ゆきついて
かたむく季節の
いやはてのうたげに
だいちの吐いた
血のおにび

——馬淵美意子 書・画

二七・〇×二四・一（㎝）／
『馬淵美意子詩集』（一九五二
［昭和二七］年）より

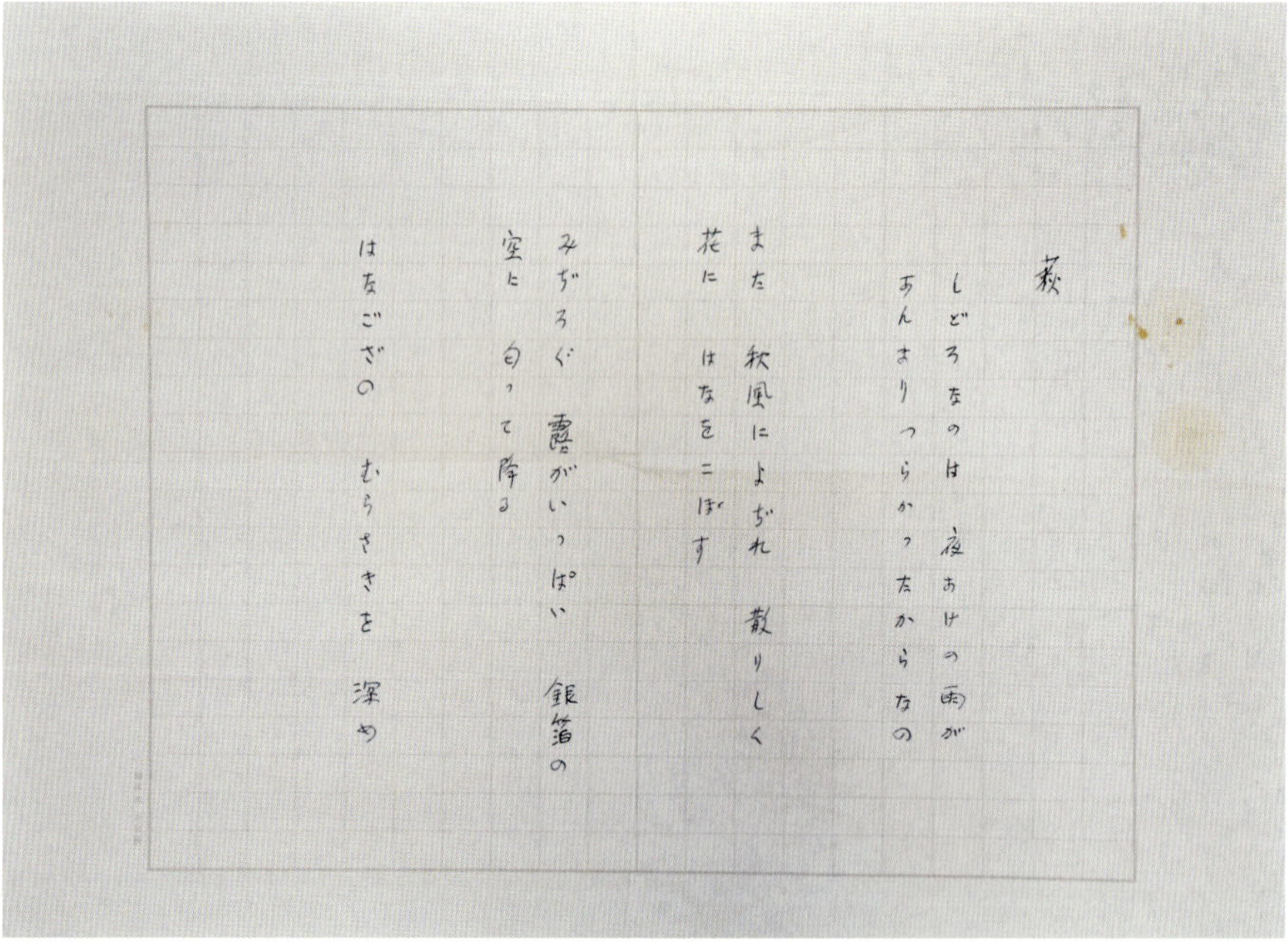
萩

しどろなのは　夜あけの雨が
あんまりつらかったからなの

また　秋風によぢれ　散りしく
花に　はなをこぼす

みぢろぐ　露がいっぱい　銀箔の
空に　匂って降る

はなござの　むらさきを　深め

萩

しどろなのは　夜あけの雨が
あんまりつらかったからなの

また　秋風によぢれ　散りしく
花に　はなをこぼす

みぢろぐ　露がいっぱい　銀箔の
空に　匂って降る

はなござの　むらさきを　深め

――馬淵美意子

二五・五×三五・九（cm）／『馬淵美意子のすべて』
（一九七一［昭和四六］年）より

歌

中野重治 作

お前は歌ふな
お前は赤まゝの花やとんぼの羽根を歌ふな
風のさゝやきや女の髪の毛の匂ひを歌ふな
すべてのひよわなもの
すべてのうそうそとしたもの
すべての物憂げなものを撥き去れ
すべての風情を擯斥せよ
もつぱら正直のところを
腹の足しになるところを
胸先きを突き上げて来るぎりぎりのところを歌へ
たゝかれることによつて弾ねかへる歌を
恥辱の底から勇気をくみ来る歌を
それらの歌々を
咽喉をふくらまして厳しい韻律に歌ひ上げよ
それらの歌々を
行く行く人々の胸郭にたゝき込め

『中野重治詩集』（一九三一［昭和六］年）より

福永武彦 画「イヌタデ、アカノマンマ／ハナタデ」
一九七七（昭和五二）年九月一二日
『玩草亭百花譜』中巻（一九八一［昭和五六］年）より

●エッセイ

時代の花

黒井千次

花に関心がないわけではないけれど、そして花についての文章は自分でもこれまで幾度か綴ってもいるけれど、花にまつわる誰かの詩歌に強く惹かれて忘れられない、といった覚えはない。

花の名前がふと口に出るのと同じように、それを歌った詩人や歌人の名前、作品などが自然に頭に浮かび、口をついて湧き出るといったようであればいいのに、どうもそうはならない。つまり、まことに散文的な日々を過していているわけである。

それでも何か一つくらいは思いつくものがあるだろう、と考えているうちに、ひょいと顔を出した小さな粒々の花がある。花か、と疑ってみたいほど地味で小さな薄赤い粒が、穂のように細い茎の先に集っている。アカマンマである。二、三十センチの背丈やひょろりとした貧相な風貌からみて、雑草と呼ぶのがふさわしそうな草である。

実は我が家の狭い庭にも、いつからか数本のアカマンマが棲みついている。正式の名称はイヌタデというらしいこの草は一年草なのだから、根が残って殖えるのではなく、あの粒のような花が実となり、それが地に落ちてまた芽を吹くのだろうか。とにかくここ幾年か、消えもせず、増しもせず、郵便受けの斜め下にしゃがみこんだかのようにじっと生えている。だから、季節によってはほとんど毎日顔を合わせるわけである。庭の草むしりをしよう、などと万一思い立つことがあっても、あの栄養不良のアカマンマは決して抜かないでくれ、と家族に念を押している。

アカマンマとの出会いは、堀辰雄の「幼年時代」を読んだ時であった。十代の終りに近かったろうか、堀辰雄の小説に惹かれ次々と作品を読むうちに「幼年時代」にぶつかった。「無花果のある家」に始まり、自分の子供の頃の思い出を綴った十篇の作品を連ねる「幼年時代」は、この作家の本質の一面をさりげなく示した貴重な散文であるが、その三番目に置かれているのが「赤ままの花」というタイトルを持つ一篇だった。

自分の若い頃の友人であった一詩人が、もっと若く元気のよかった時に高らかに歌った詩の初めの二行がまず引かれている。

お前は歌ふな
お前は赤まゝの花やとんぼの羽根を歌ふな

そう歌い出された十六行の詩の中で、「赤まゝの花」が登場するのはここに一度だけである。「赤まゝの花」は、「とんぼの羽根」「風のささやき」「女の髪の毛の匂ひ」「すべてのひよわなもの」「すべてのうそうそとしたもの」「すべての物憂げなもの」のいわば代表格として、主犯として遠ざけられ、歌うことを禁じられている。「赤まゝの花」は形状や色彩について触れられないだけではなく、花の姿を思いうかべるような麗句をすべて剥がされてしまっている。それだけにまた、「赤まゝの花」の中にはあらゆるものが含まれているともいえそうな気がする。

「幼年時代」を読んでから、そのもっと若くて元気のよかった詩人の作品「歌」に辿り着き、作者が中野重治であることを知ったのだが、そしてタイトルの示すとおり、これは「赤まゝ」、つまり花を主題とした詩ではなく、「歌ふな」という禁止命令を伝える作品であると知るのだが、堀辰雄の文章を先に読んでいる身には、この詩の独特の美しさは「決してその詩人が赤まんまの花や何かを歌い棄てたからではなく、いわばそれを歌い棄てようと決意しているところに、—かえってこれを最後にと赤まんまの花やその他いじらしいものをとり入れているために—そこにパラドクシカルな、悲痛な美しさを生じさせているのにちがいないのだった」という言葉がまず流れこんで来てしまう。「赤まゝの花」を歌うのではなく、「腹の足しになるところ」「胸先きを突き上げて来るぎりぎりのところ」を歌えという詩人の訴えは、「勇敢な人生の闘士」の言葉としては響いても、その前の禁じられたものたちの無言の影の前ではいささか力をそがれてしまう感がある。「歌ふな」という否定的な歌い方で歌われた「赤まゝの花」は、他のどんな花よりも花らしい花ではなかったか。

堀辰雄は「いつ咲いたのか誰にも気づかれないほどの」「いかにも日常生活的な、珍らしくもない雑草だった」というその「赤まんま」の花の思い出の中から、男の子のような顔つきの、きつい目をしたおない年の一人の少女の姿を呼びおこす。それは「幼年時代のささやかな幸福」につながる花の記憶である。

一人の詩人には激しい言葉を与え、一人の小説家にはひそやかな言葉を贈るこの花は、昭和初期という時代に咲いた花であるかもしれぬといった感じがふと頭をよぎる。

中野重治の「歌」の収められた詩集は昭和六年に刊行されており、堀辰雄の「幼年時代」は昭和十三年の九月号から雑誌に発表された作品だからである。

●エッセイ

野生園の秋祭り

加藤幸子

半世紀近く住みつづけている今の家には、四十坪ぐらいの庭がついている。ちょっと自慢になるけれど、この近所で庭つきの個人住宅は、隣りのWさんの家と我が家だけである。でも二つの庭は趣がかなりちがっている。Wさんの庭は、昔ながらの日本家屋のようにいつもきれいに手入れされているが、私のほうは〝野草園〟というより〝野生園〟に近くなってしまった。庭の主である私のありとあらゆる生物への博愛主義により、自然に生えてくる草木をよほどのことがないかぎり抜きとらなかったからだ。言いかえれば不精者の庭なのである。

拙稿を記しているのは十一月だから、〝野生園〟は秋の真盛りである。緑も含めて様々の色彩がいり乱れ、まるでお祭りのようににぎやかだ。

わが家は坂の途中に立っているので、門から玄関口までは五メートルほどの下りの石段になっている。右側の境である壁にはびっしりとツタが這いまわっていて、夏はいかにも涼しげだが、今は隙間なく真紅に埋めつくされている。出入りするとき、ふっと歌舞伎の舞台を思いだしたりするのはこの時期である。

左手にはわが庭には珍らしい鉢物が幾つか並んでいるが、乾燥したときに灌水しかしない薄情な主の仕打ちにもめげず、薄紅のサザンカと黄色い小菊がもう十年来もぎっしりと花をつけている。ときどき葉を摘みとって紅茶に浮かべるミントも同様だ。どうして植物たちはこんなに健気に生きていてくれるのだろう。

最下段から続く踏み石道の両側から足に触れるほど迫ってくるのは、キンミズヒキとミズヒキの群落だ。キンミズヒキの黄金色の穂は猛々しいが、ミズヒキの白や紅の穂はホロホロした感じで優しい。両者とも本来は低山に多い植物なのに、どういう経路をたどってここにたどりついたものか。少なくとも家の界隈で見かけたことは一度もないのに……。

ちなみに左側の垣根の下には夏のあいだミョウガが青々と茂り、私に薬味を提供しつづけてくれた。今はすっかり生気を失い、パタパタ倒れている。また来年よろしくね、と念じながら通りすぎることにする。

玄関の前を通過して、木戸を開けると、いよいよ〝野生園〟の中枢部。踏分け道はあるのだが、今は柿の落葉におおわれてしまった。この時期、ラッカーを塗ったように照り輝く赤い葉を拾って室内のあちこちに置くのも、楽しみの一つである。

テラス代りに敷いた煉瓦の縁沿いに青々とした細長い葉が並んでいる。花時の後のマンジュシャゲなのだが、実はこれこそわが庭の不思議中の不思議である。マンジュシャゲは実を結ばないので、他の野草のように風で種が飛来したり、鳥が落としていったりするはずがない。もちろん植えた覚えもさらさらない。どことなく宇宙植物っぽい花を見ながら、「いったいどこから来たの？」と何度問いかけたことだろう。

〝野生園〟の最良の鑑賞席は、書斎兼食堂兼居間の、庭に面する四枚のガラス戸の内側だ。テーブルを前にコーヒーを飲みながら好きな本を読み、目が疲れると庭を眺める。私の至福のリラックスタイムである。

ガラス戸の外の両脇には、私の背よりも高い齢五十を越えたヤマツツジと三十年前アゲハチョウの観察のために植えたミカンの木がセットのように立っていて、その間のぽっかり開いた空地には種々様々の野草が暮らしているのだ。右端の奥まった所には巨大なヨウシュヤマゴボウがまだ生き生きした緑葉のあいだに、赤い茎から小粒のブドウのような紫の実を吊りさげている。フェンスに蔓をからめて色づいているヤブガラシ。愛犬のシバが顔を出している犬小屋の脇に配置よく育ったイヌホオズキは、今が白い星団のような花盛りだ。犬小屋の屋根にかぶさっているクチナシも数年前ぶらりと居ついた野育ちである。

そしてこの秋、鑑賞席に座った私の視界のちょうど真ん中で花を咲かせているのはひとむらのイヌタデことアカノマンマであった。差し渡しが何と五〇センチもある大株で、四方八方に伸びたピンク色の穂がひときわ美しい。路傍ではいつも遠慮っぽく生えているので、それはそれなりに可憐ではあるけれど、地味な印象しかないこの草ものびのびと場所を与えられれば、こんなにりっぱな株に生長するのであった。

あかのまんまの咲いている
どろ路にふみ迷う
新しい神曲の初め

青春時代に愛誦した西脇順三郎の詩のあかのまんまがモダンで明るく華やかな姿になって、私の〝野生園〟に舞いおりている。

不思議がもう一つふえた。

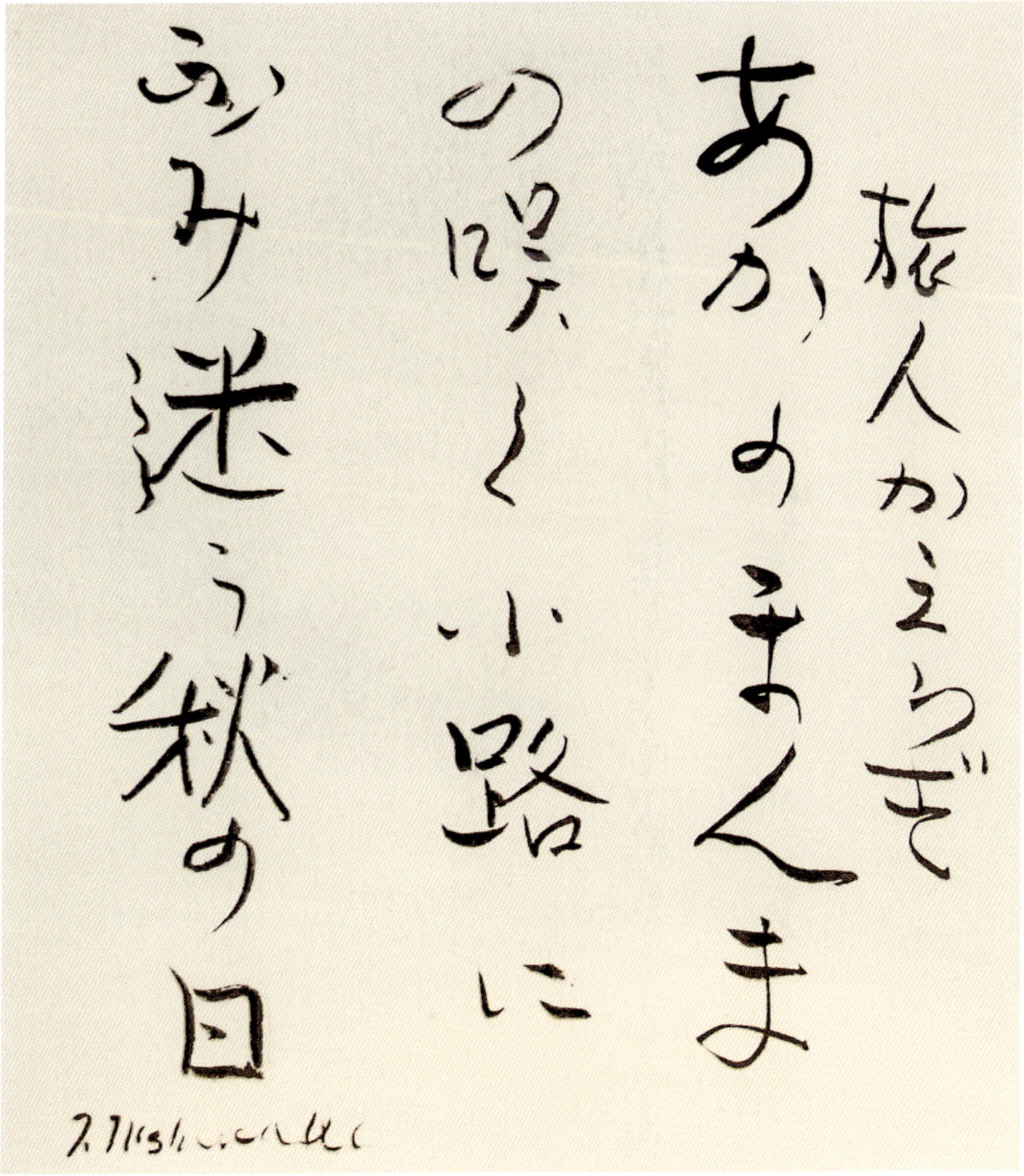

あかのまんまの
咲く小路に
ふみ迷う秋の日
——西脇順三郎

二七・二×二四・一（㎝）／『旅人かへらず』（一九四七［昭和二二］年）には「あかのまんまの咲いてゐる／どろ路にふみ迷ふ／新しい神曲の初め」とある

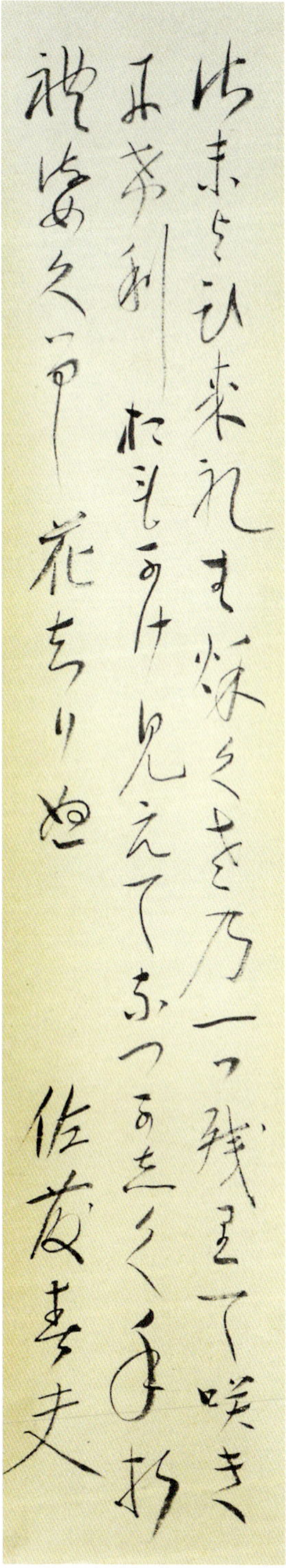

さまよひ来れは秋ぐさの　一つ残りて咲きにけり
おもかげ見えてなつかしく　手折ればくるし　花ちりぬ

——佐藤春夫

一二九・六×二六・三（cm）／『殉情詩集』より「断章」。谷崎潤一郎夫人千代に寄せる「せつなき恋」を歌う
この書は佐藤春夫が千代と結婚後の一九三〇（昭和五）年、谷崎令嬢の恩師に贈ったもの

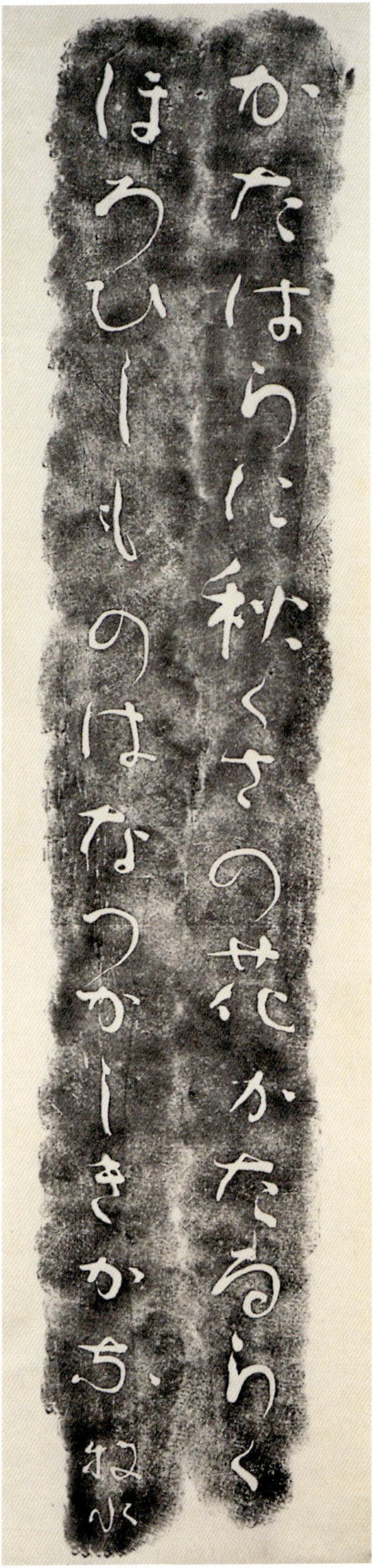

かたはらに秋くさの花かたるらく　ほろびしものはなつかしきかな　――若山牧水

拓本／一五四・八×三四・一（㎝）／

一九一〇（明治四三）年、浅間山麓をめぐる旅の折、小諸城址での作。『路上』（一九一一［明治四四］年）より

懐古園の石垣に一九三四（昭和九）年に刻まれた碑から

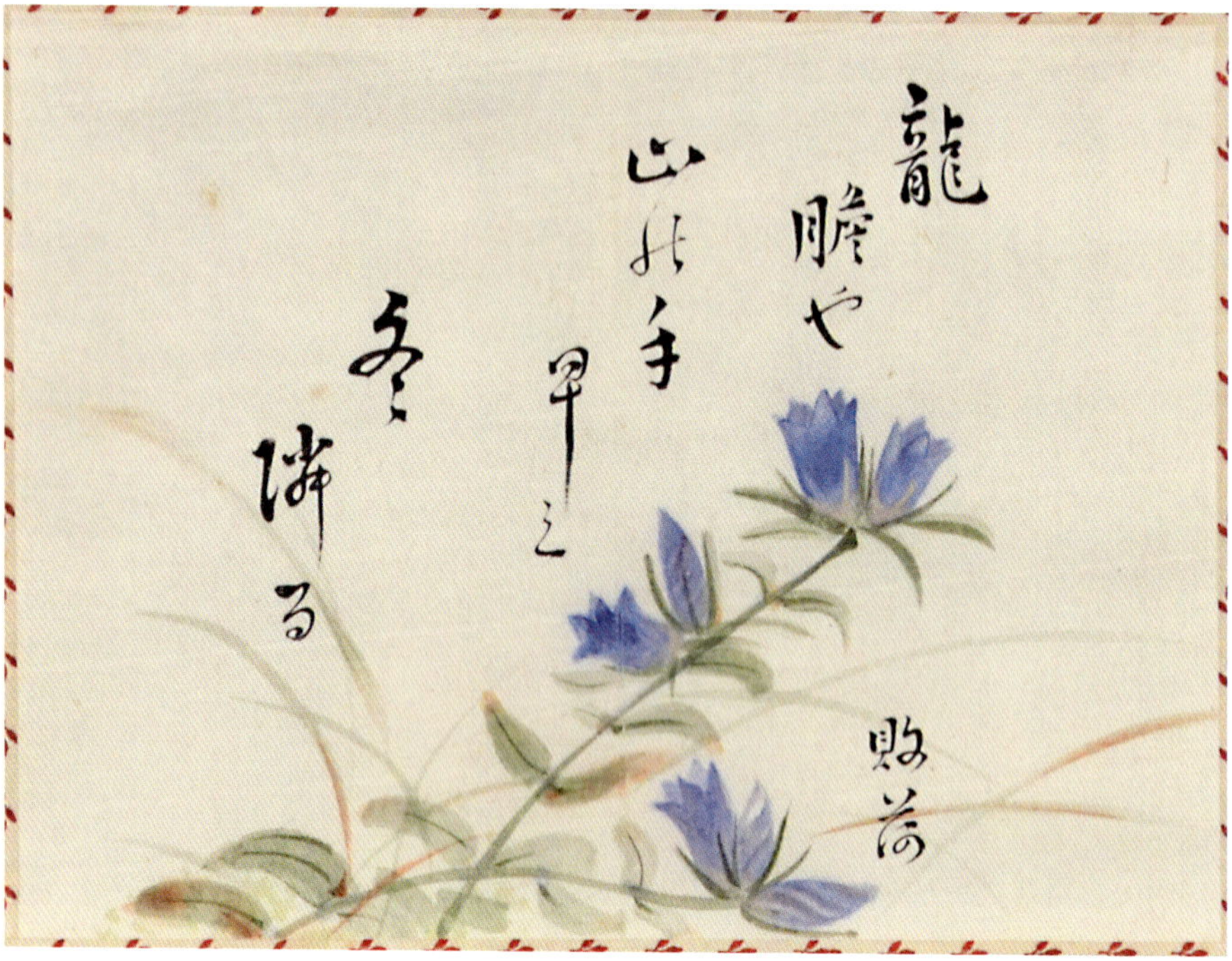
龍胆や
山の手早く
冬隣る
敗荷

龍胆や山の手早く冬隣る
――永井荷風 書・画

一九・〇×二三・五（㎝）／「敗荷」は、秋になって風に吹き破られた蓮の葉の意で、荷風の別号

「まだ咲かぬ梅に対する一人かな」（19ページ）とともに、川端康成からサイデンステッカー氏に贈られたうちの一枚

白菊や
独り咲きたる
ほこらしさ

白菊や独り咲きたるほこらしさ　——佐々木味津三

三六・二×六・一（㎝）／

「亡兄の負債と遺児とを引き受けて病躯を抱いて奮闘し」、「右門捕物帳」「旗本退屈男」などで流行作家となるも、「刀折れ身破れて斃れた…孤剣奮戦」の生涯（菊池寛「佐々木味津三全集刊行について」）を、象徴するかのような句

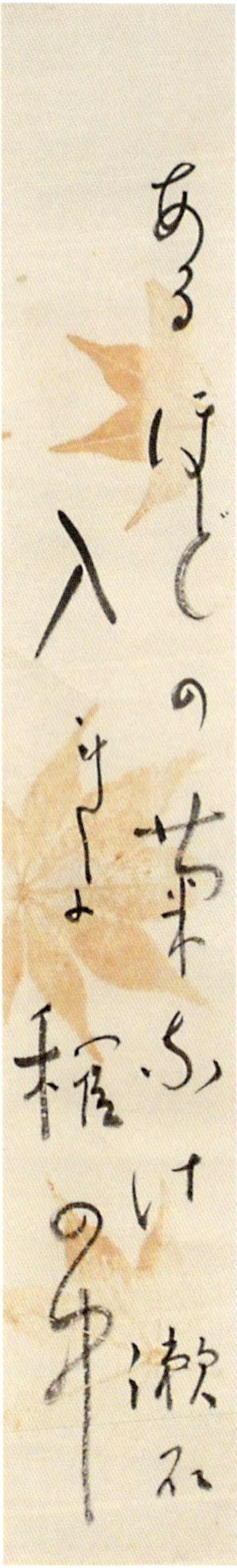

あるほどの菊なげ入れよ棺の中　——夏目漱石

三五・二×五・九（㎝）／
「修善寺の大患」後の入院中に大塚楠緒子の訃報に接し、「床の中で楠緒子さんの為に手向の句を作る」（一九一〇［明治四三］年一一月一五日の日記）

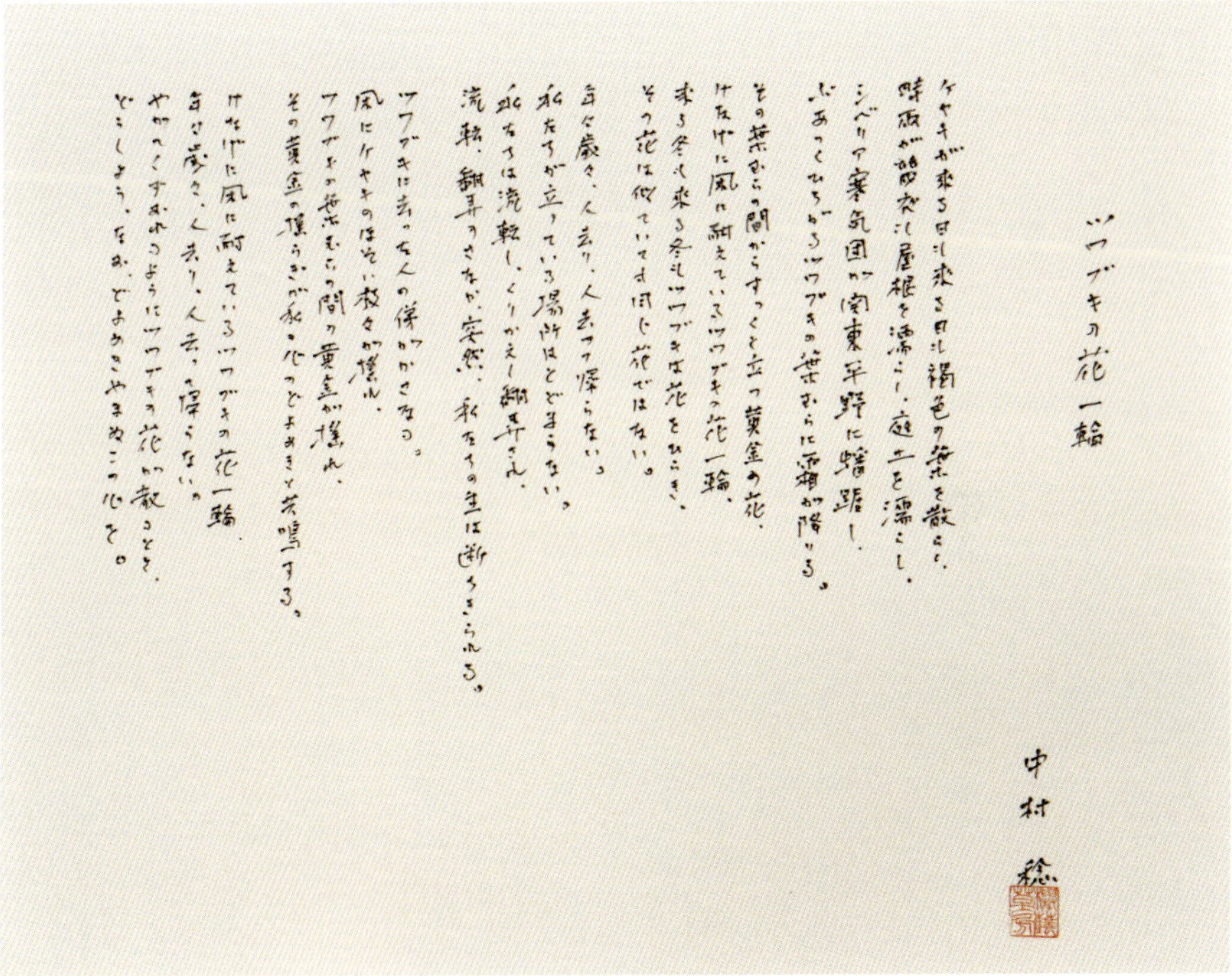

ツワブキの花一輪

ケヤキが来る日も来る日も褐色の葉を散らし、
時雨が唐突に屋根を濡らし、庭土を濡らし、
シベリア寒気団が関東平野に蟠踞し、
ぶあつくひろがるツワブキの葉むらに霜が降りる。
その葉むらの間からすっくと立つ黄金の花、
けなげに風に耐えているツワブキの花一輪。
来る冬も来る冬もツワブキは花をひらき、
その花は似ていても同じ花ではない。
年々歳々、人去り、人去って帰らない。
私たちが立っている場所はとどまらない。
私たちは流転し、くりかえし翻弄され、
流転、翻弄のさなか、突然、私たちの生は断ちきられる。
ツワブキに去った友人の俤がかさなる。
風にケヤキのほそい枝々が揺れ、
ツワブキの葉むらの間の黄金が揺れ、
その黄金の揺らぎが私の心のどよめきと共鳴する。
けなげに風に耐えているツワブキの花一輪、
年々歳々、人去り、人去って帰らない。
やがてくすみのようにツワブキの花が散るとき、
どうしよう、なお、どよめきやまぬこの心を。

中村稔

ツワブキの花一輪　——中村稔

三一・七×四〇・九（㎝）／『幻花抄』『新輯幻花抄』より

●エッセイ

現代詩人と花

高橋英夫

詩歌と花は縁が深かった。古来、詩人は花を愛《め》で、花を歌ってきた。その伝統を胸の内に畳んでおき、現代詩人はどう花に対しているのかを少し考えてみたい。取り上げるのは清岡卓行、中村稔の二人である。

清岡卓行は小説家でもあり、小説の出世作は『アカシヤの大連』、最後の大作が『マロニエの花が言った』と、花への思いは小説ではタイトルからすぐに感じとれよう。ところが彼の詩では、初期から順に読んでいっても、なかなか花が現れない。これが現代詩の特徴なのだろうか。古代詩人に発した花と詩の親近関係を抑制・変様して、現代詩の時代に入ったということだろうか。

初期の清岡卓行はシュルレアリスムの波を浴びていた。最初の詩集『氷った焔』には透明な映像が次々と現れるが、それを追いかける凝視の眼とそれら諸映像の関係は、冷徹でいて熱いといった感じのものである。この暗示的手法によってそこには愛があり、音楽があった。夢があり、ランボーがあった。でも花はそこにはなかった。

中期の詩集『固い芽』になると、寒気に包まれた固い芽の内部に、まだ存在していない茎、枝葉、花が予感されている。まだ存在しないもの、それが「花」になっている。この詩集の「冬の薔薇」という詩からは、寒気に晒されてカチカチと「薔薇の散髪」みたいな音がきこえてくる。「冬の天使がひとり　自分の／青い爪を切っている」のだ、ともいう。「冬の桜」という別の一篇にも同じ感じの個所が見出されるので、この詩集での花は予感的、かつ幻覚的な花といえるだろう。

晩年の詩集『一瞬』になると寒気は遠ざかり、種々の花が多彩に、それぞれの趣きで開花、蕩揺している。ここには文字通りの花の詩人がいる。パンジー、薔薇、胡蝶蘭、山茶花《さざんか》、ミモザ。七十代に入った清岡卓行の熱い詩心が最高の詩的「一瞬」を追い続け、その出会いの場を保証するものとして花をも求めていることが感じられる。

日暮れに近い淡い明るさ。
山茶花《さざんか》はうす紅《くれない》の五弁花が
蕾　満開　落花とたどる変化における
さまざまな〈今〉の姿を
むしろ乱雑に示している。

（「冬至の落日」）

ここには何か熱いものが揺れている。伝統的な花愛《め》での詩から隔ってきてはいるが、やはりこれも花と詩の融和の新しい形のようである。

中村稔は清岡卓行と対照的なタイプながら、現代詩人の共通性によって、初期作品ではやはり花を題材にしなかった。そのころの中心的語彙は「海」であり、それが太陽、崖、風……と拡がって「風景」が構成されてゆく。ところがこの「風景」の悲歌《エレギア》詩人も、少しずつ樹木や花を言い出すようになる。やがてそれが集中的制作の形に一変して、『幻花抄』『残花抄』の詩群が次々と生まれた――「花」による見取図をこう描きうる中村稔も、私は独自なタイプの花の詩人に数えたい。

いま「悲歌詩人」といったのは、彼の詩が文明と自然のいずれについても、悲愁を帯びた感懐を吐露するという文脈を多くもつからである。その文脈に「花」が現れるのだ。一例をあげよう。

ハギ、リンドウなどの咲き乱れる花野の涯に
人が歩み去り、歩み去ってふりかえらない。
わたりゆく風に靡く銀色のススキ原の彼方に
人は消え、呼びかけても答えない。

これは「花野の涯、ススキ原の彼方に」という詩の冒頭だが、「人が歩み去」り、「消え」「答えない」のは、この詩が他界した夫人への挽歌だからである。『幻花抄』の十篇はどれも花を見詰めながらの挽歌として書かれたものだった。

ここで悲歌と挽歌の違い乃至は関係を考えてみると、近しい人の死を動機とするのが挽歌であるのに対して、特定の動機なしに、歴史観と言語意識から成るのが悲歌と言えよう。中村作品の生地は悲歌であり、そこに折々の動機が加わってゆくと考えられる。こうして挽歌の中に「純白のユキヤナギ」や「レンギョウの黄」が揺れて靡くのは美しいが、粛然とした気持になる。

もう一つ、植物や花の片仮名表記について。これは植物学者牧野富太郎の説に拠ってのことというが、結果として詩に視覚的衝撃を与えるに至ったのではなかろうか。その印象が一番強いのは、『残花

抄』やそれ以前の諸作での片仮名表記よりも、挽歌『幻花抄』であると感じられてならない。それが詩の独自な発光点となっているからである。「ハギ」や「リンドウ」において生と死が行き逢い、行き交している、こう感じられる。

山茶花やふるさと遠き奈良茶粥　――上司小剣

三六・二×六・一（㎝）

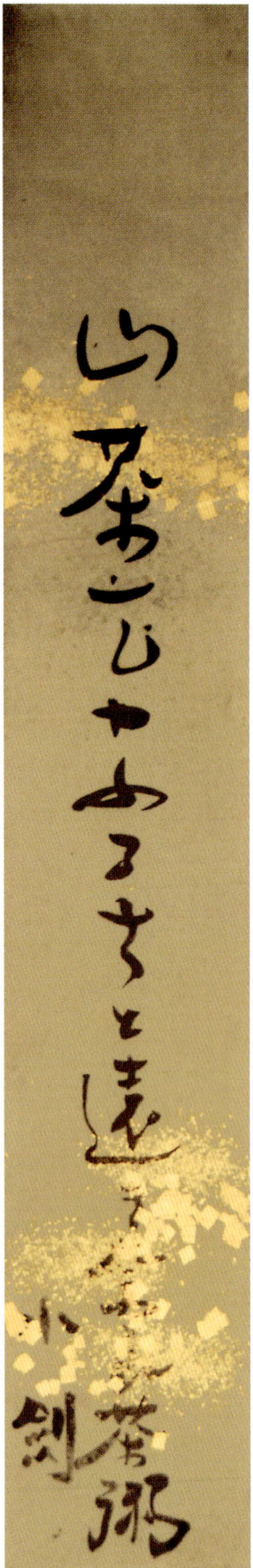

「茶粥に就いて思ひ出すのは、煙草のことである。…これも茶粥同様、枯淡で風雅な味を尚んだものではなからうか。少年のころ、父がよく茶粥のあとで、ゆつたりと長煙管の煙りを吐きつつ、このときのタバコが一ばんうまい、と言つてゐたのを、いまもよくおぼえている。」

（『生々抄』一九四一［昭和一六］年）

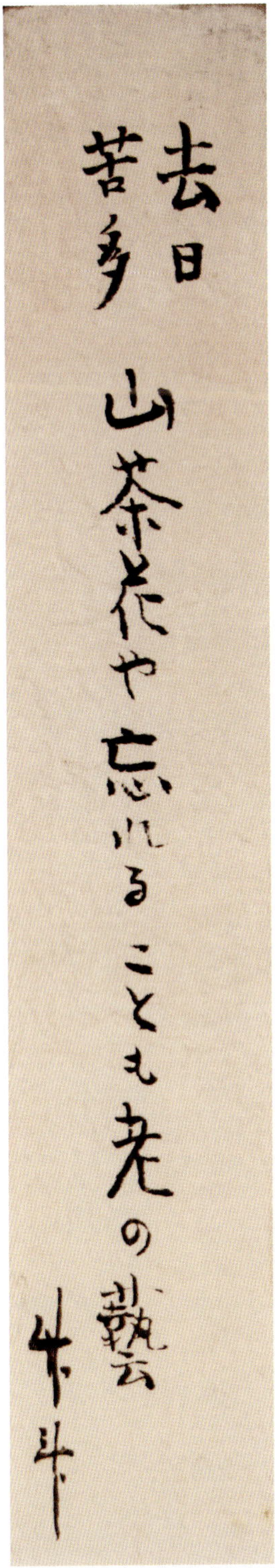
去日苦多
山茶花や忘れることも老の藝

山茶花や忘れることも老いの芸　――田岡典夫

三七・七×七・〇（㎝）／

作者はパリ遊学、尾上菊五郎の俳優学校に学ぶなど、異色の経歴を経て「強情いちご」で直木賞を受賞。「去日苦多」という前書に、人生の年輪が思われる

霜白き河原に生へる野茨の赤き実こそは冬に親しき

——有島武郎

三六・一×六・一（㎝）

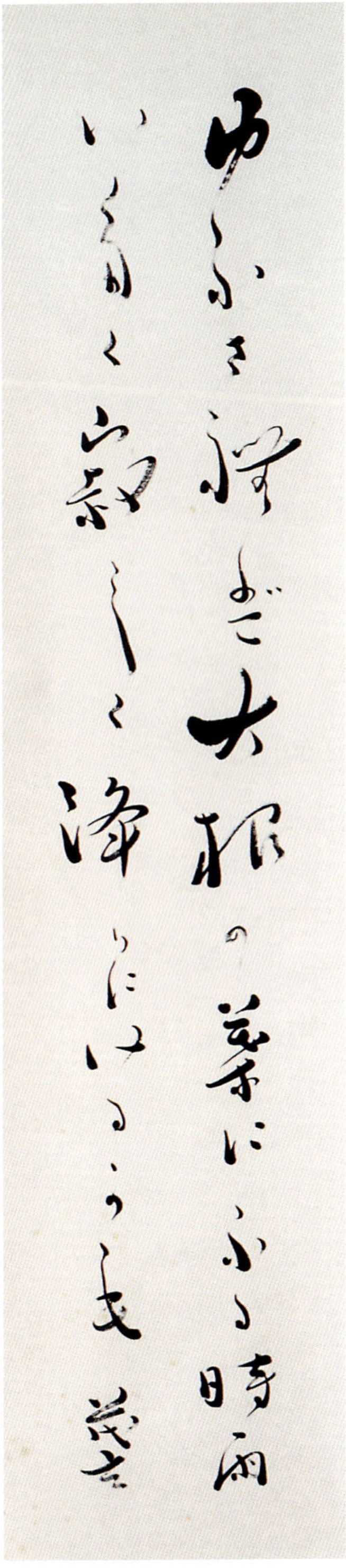

ゆふされば大根の葉にふる時雨いたく寂しく降りにけるかも　――斎藤茂吉

一七一・〇×四九・〇（㎝）／一九一四（大正三）年作。『あらたま』（一九二一［大正一一］年）より

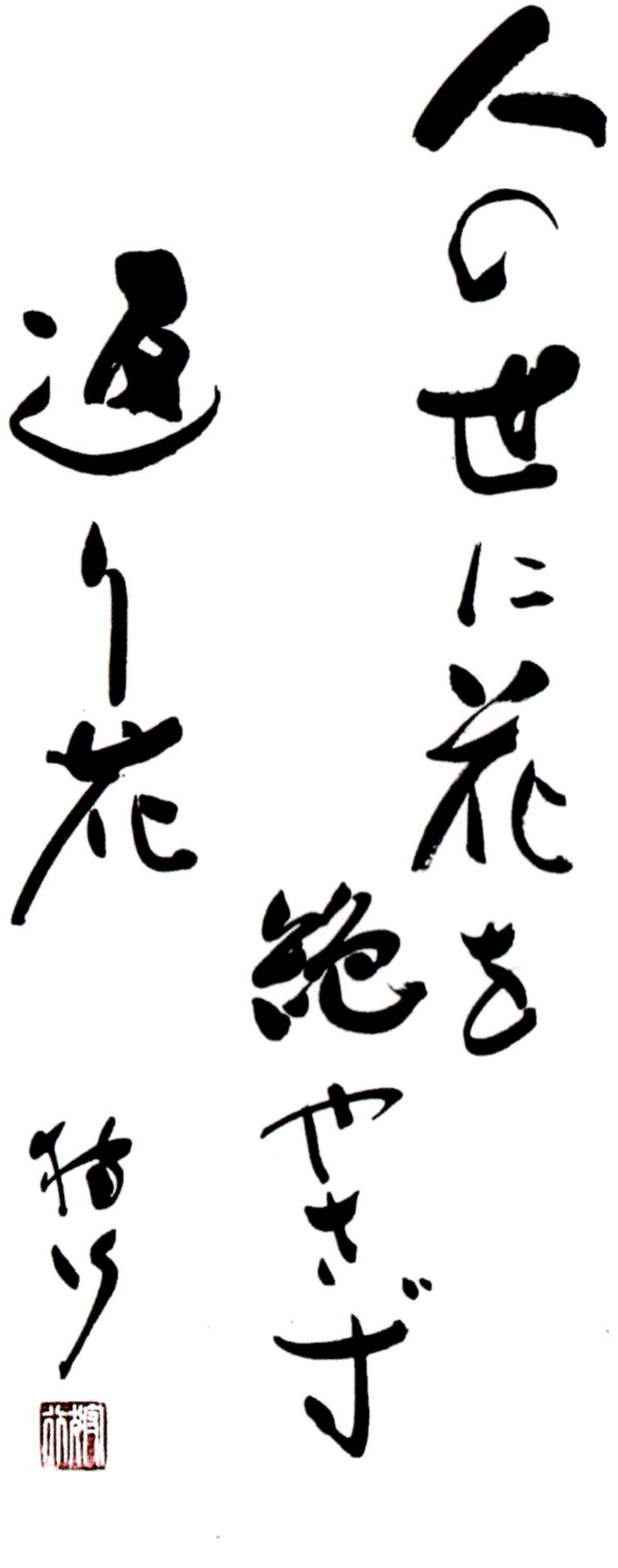
人の世に花を
絶やさず
返り花
狩行

人の世に花を絶やさず返り花　――鷹羽狩行

六九・〇×三五・〇（㎝）／一九九六（平成八）年作、『十二紅』（一九九八〔平成一〇〕年）より

●エッセイ

花の季語

鷹羽狩行

詩歌の中で、花をもっとも多く詠んでいるのは俳句ではないだろうか。それは俳句が自然（季節）を対象とする詩だからである。

歳時記の主要季語の数は約四千、うち植物は約千にのぼり、その大半は花といってよい。

季語には、「傍題」とか「言い換え季語」「関連季語」と呼んでいるものがある。例えば「曼珠沙華」には、彼岸花、狐花、幽霊花、捨子花、死人花、葬式花、天蓋花といったものがある。また「葉見ず花見ず」「馬の舌曲り」など地方での呼び名も入れると、別名が四百もあるそうだ。

というわけで、俳人はいろいろな季語を知っていなければならないが、その語数は大型の歳時記によると一万五千になる。

なんとなく嫁の泪の気になる母　　後藤比奈夫

という句があって、どう見ても季語がない。インターネットで調べてもらったところ、「嫁の泪」が

「花筏」のことであると分かった。

「花筏」はふつう、水面に散った桜の花びらが筏のように重なり、流れてゆくのをいう。しかし「嫁の泪」のほうはミズキ科の落葉樹で、初夏に葉の表の真ん中あたりに淡緑色の小花をつける。それを筏師をぽつんと乗せた筏のようだと見立てての名で、茶花に用いられるそうだ。

以下、四季の花の俳句をいくつか取り上げてみたい。

「春告草《はるつげぐさ》」の名もある「梅」から。

白梅や日光高きところより　　日野草城

まだ寒さの残る早春の日ざしの中、白梅の気品のある姿が浮かぶ。白梅の「白」が日光を招き寄せているようでもあり、日光が咲くことを促して手を差し伸べているかのようでもある。

山又山山桜又山桜　　阿波野青畝

「山又山」で切れて、「山桜又山桜」と続く。「山」が四つ、「桜」「又」が二つずつ、漢字ばかりの珍しい句である。満開の山桜が遠くまで続く美しい光景を思わせる。

「桃の花」も『万葉集』の頃から愛でられ、邪気を払うとされた花。俳句で、単に「桃」といえば桃の実のことであり、「梅」は逆に花のことである。

ふだん着でふだんの心桃の花　　細見綾子

普段着でいるのが一番落ち着くという。梅や桜とは違って、どこか鄙びた桃の花の趣が、一句の内容と合致している。

夏の花では——

こんこんと水は流れて花菖蒲　　臼田亞浪

「こんこんと」菖蒲園をあますところなく水が流れている。清らかな流れと、美しい花菖蒲とが競い合っているかのようだ。

あぢさゐやきのふの手紙はや古ぶ　　橋本多佳子

紫陽花は鬱陶しい梅雨どきにあって、咲き進むにつれて花色が変化し、目を楽しませてくれる。「七変化」の別名もある。雨に濡れて色合いを深めてゆく紫陽花と、一日で色褪せてゆく手紙のありように含蓄がある。

向日葵の一茎一花咲きとほす　　津田清子

真夏の太陽と対峙して一歩もゆずらないような逞しい向日葵。自己主張の強さが、「一」の表現に出ている。作者の自画像かもしれない。

秋は——

朝顔の紺の彼方の月日かな　　石田波郷

初秋の澄んだ空を背景にして紺色の朝顔が咲いている。その向こうにあるはるかな歳月へ思いを馳せているのだろう。いかにも人間探求派・波郷らしい花の一句。

つきぬけて天上の紺曼珠沙華　　山口誓子

紺碧の空へ、突き抜けるように真っ赤な曼珠沙華が立っている。地上近くにカメラを据えて花越しに空を見ているようなアングルが新鮮である。澄んだ大気が感じられ、色の配合も鮮烈、一句のしらべも張っている。

白菊の雲の如くにゆたかなり　　橋本鶏二

大輪の花びらがこんもりと盛り上がっているさまを、「雲の如くに」と捉えた。白菊の気品は言うまでもない。陰陽五行説では、秋は色でいえば「白」だが、それを十七音いっぱいに展開した。

さて、冬は――

どの路地のどこ曲つても花八ツ手　菖蒲あや

淡い日ざしの中で白い小花を球状につける八手は、花の乏しい季節とあって親しまれている。この句、路地に住む人の昔ながらの人情のようなものまで伝わってきて、心あたたまる。

山茶花のこぼれつぐなり夜も見ゆ　加藤楸邨

山茶花は公園や家の庭でよく見かけ、花期が長い。窓の明かりの及ぶところで、その落花のさまを描く。昼はもちろん、「夜も」が、はかなくも美しい光景を浮かび上がらせている。

人の世に花を絶やさず返り花　鷹羽狩行

小春日和に誘われ、季節はずれに咲く「返り花」。春や夏に咲くのとは違って、少し小ぶりで、どこか淋しげである。しかし寒気の中でも花を絶やすまいという使命感をもっているかのようで、いじらしくけなげに見えた。この「返り花」、俳句もかくありたいものだと願っている。

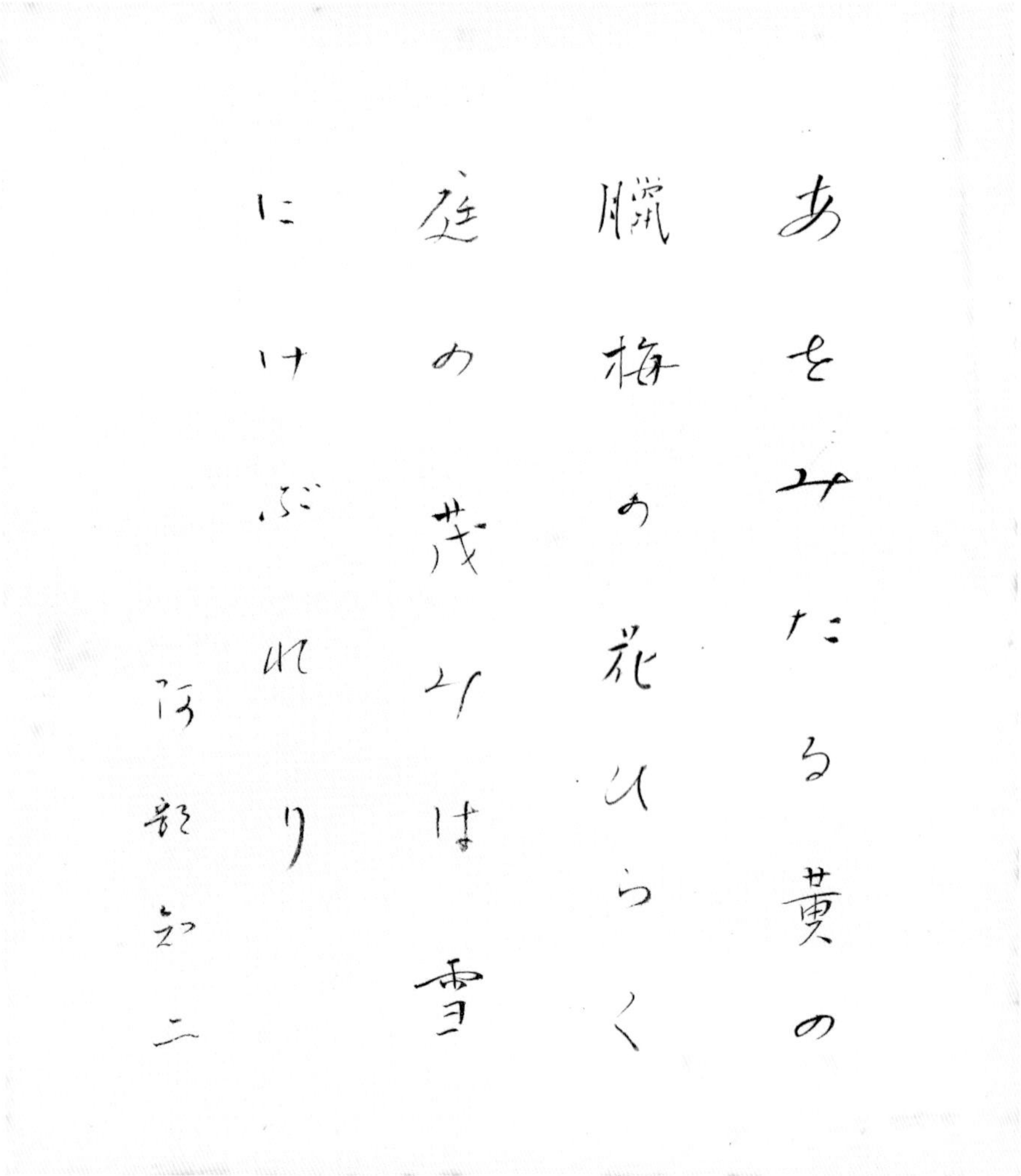
あをみたる黄の
臘梅の花ひらく
庭の茂みは雪
にけぶれり
阿部知二

あをみたる
黄の臘梅の
花ひらく
庭の茂みは
雪にけぶれり

——阿部知二

二七・二×二四・二（cm）／作家・英文学者として知られる作者だが、「高等学校〔旧制八高〕時分には、歌よみになろうと思っていた」（中野好夫編『現代の作家』）。その後も、色紙を頼まれるとよく自作の短歌を書いたという

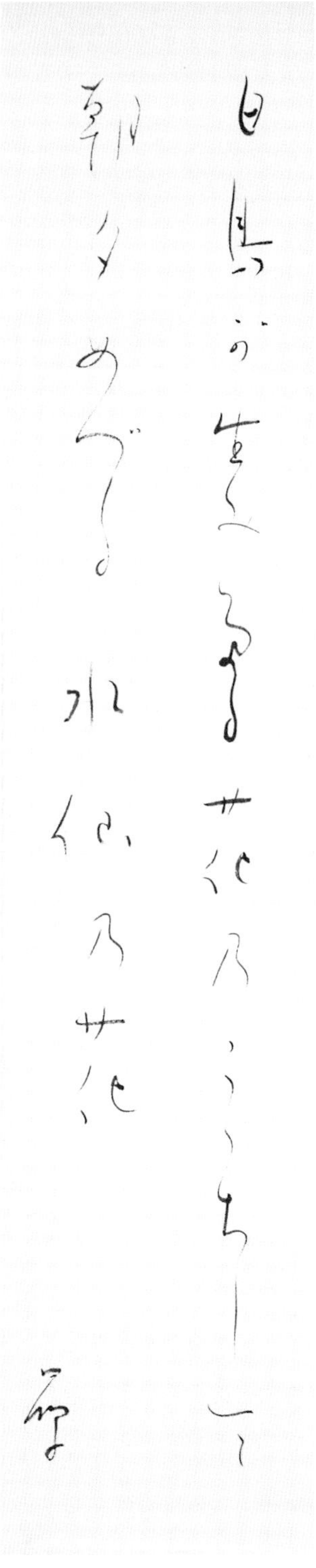

白鳥が生みたる花のここちして朝夕めづる水仙の花　——与謝野晶子

一二九・九×二七・七（㎝）／『草の夢』（一九二二［大正一一］年）
所収の上の句は「白鳥が生みたるもののここちして」となっている

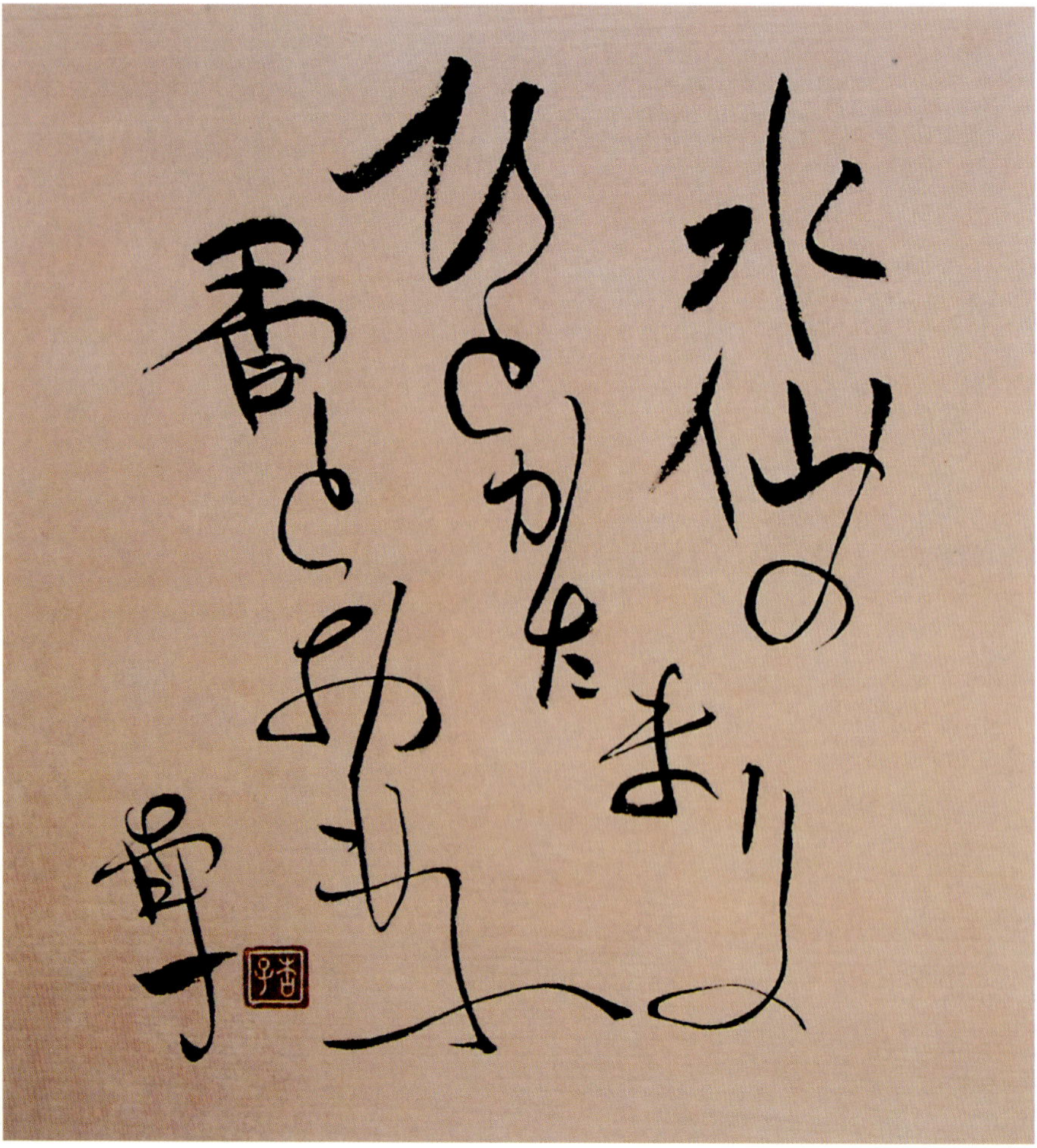

水仙の
ひとかたまりの
香とおもふ
——黒田杏子
二七・〇×二四・〇（㎝）／
『一木一草』（一九九五
［平成七］年）より

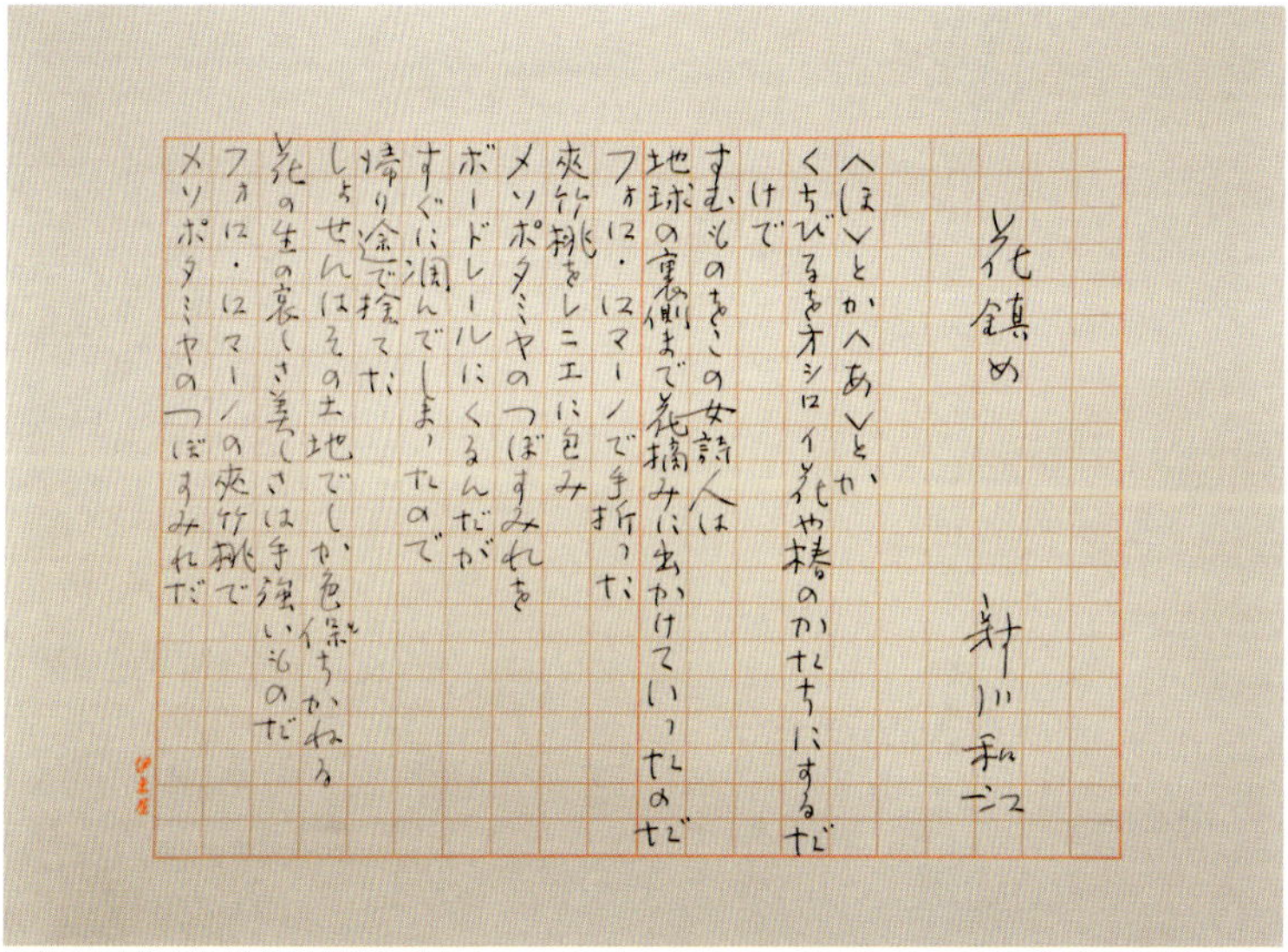
花鎮め

新川和江

〈ほ〉とか〈あ〉とか、
くちびるをオシロイ花や椿のかたちにするだけで
すむものをこの女詩人は
地球の裏側まで花摘みに出かけていったのだ
フォに・にマーノで手折った
夾竹桃をレニエに包み
メソポタミヤのつぼすみれを
ボードレールにくるんだが
すぐに萎んでしまったので
帰り途で捨てた
しょせんはその土地でしか色保ちかねる
花の生の哀しさ美しさは手強いものだ
フォに・にマーノの夾竹桃で
メソポタミヤのつぼすみれだ

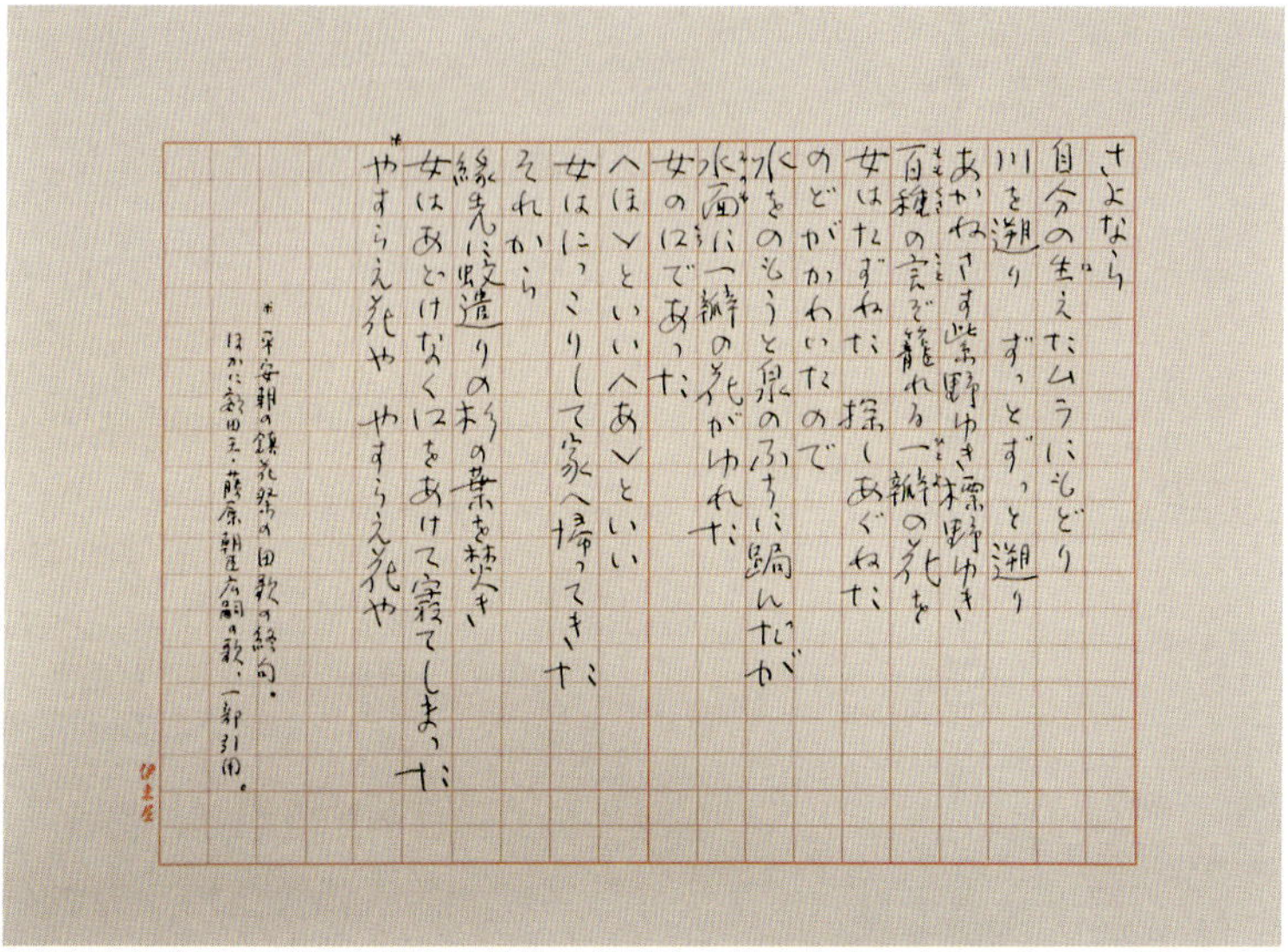
さよなら
自分の生えたムラにもどり
川を遡り　ずっとずっと遡り
あかねさす紫野ゆき標野《しめの》ゆき
百種《ももくさ》の言《こと》で籠れる一瓣の花を
女はたずねた　探しあぐねた
のどがかわいたので
水をのもうと泉のふちに踞んだが
水面に一瓣の花がゆれた
女のはであった
〈ほ〉といい〈あ〉といい
女はにっこりして家へ帰ってきた
それから
縁先に蚊遣りの杉の葉を焚き
女はあどけなく口をあけて寝てしまった
＊やすらえ花や　やすらえ花や

＊平安朝の鎮花祭の田歌の終句。
ほかに額田王・藤原朝臣広嗣の歌、一部引用。

花鎮め
——新川和江
二五・八×三五・八（cm）
／『比喩でなく』（一九六八［昭和四三］年）より

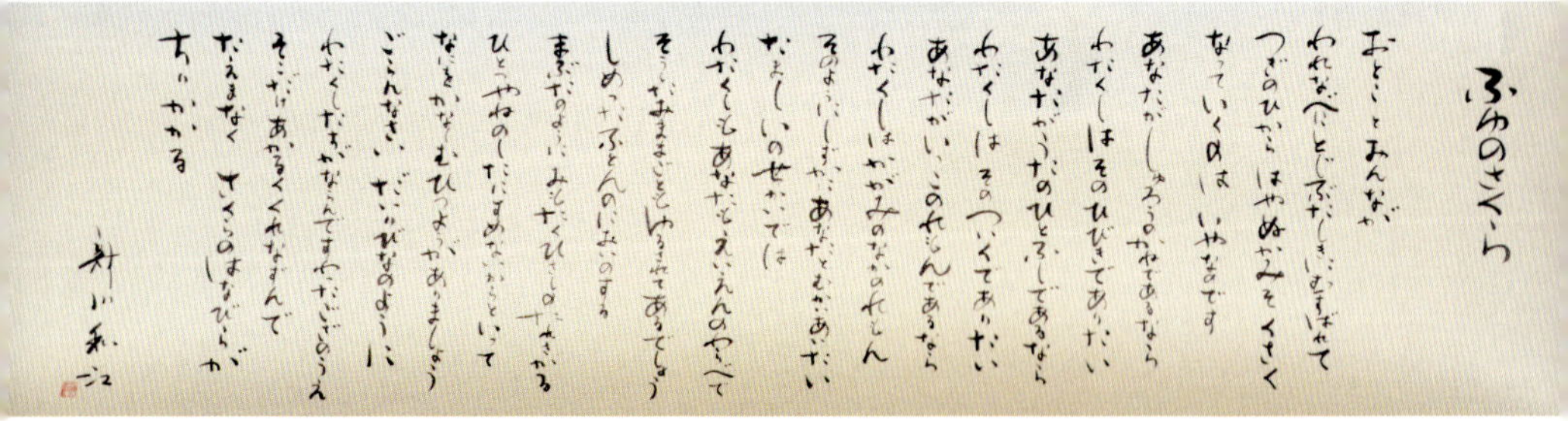

ふゆのさくら　——新川和江
三四・五×一三六・〇（㎝）／『比喩でなく』より

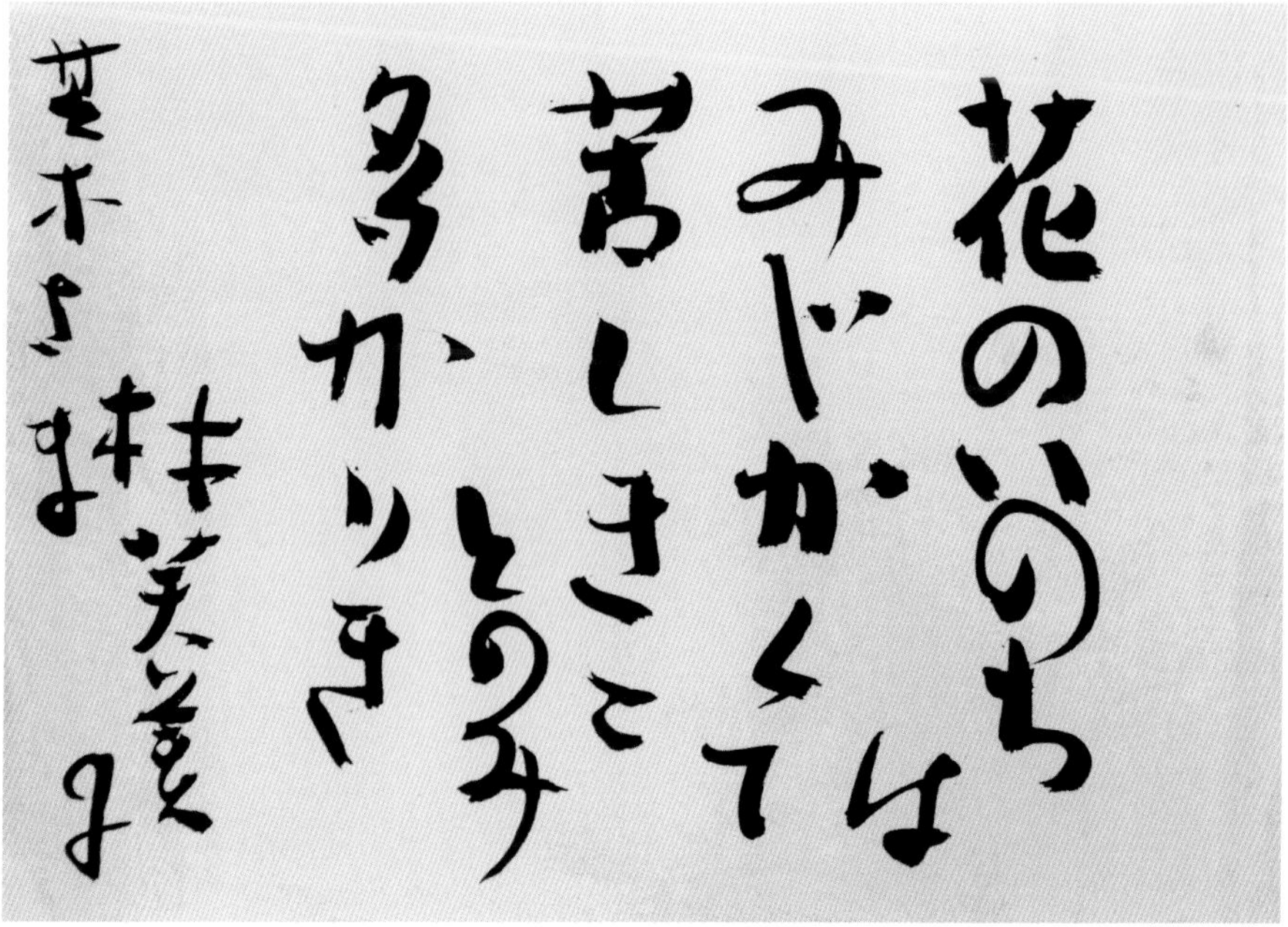

花のいのちはみじかくて
苦しきことのみ多かりき
——林芙美子

二〇・七×二九・五（cm）／
若き日、林芙美子を文学の師
とした芝木好子が愛蔵した書

収録作家・作品一覧

芥川龍之介　あくたがわ・りゅうのすけ
一八九二（明治二五）〜一九二七（昭和二）。小説家。【25頁　白桃や莟うるめる枝の反り、36頁　草の家の柱半ばに春日かな（我鬼山人）、51頁　花ちるやまぼしさうなる菊池寛、64頁　藤の花軒端の苔の老いにけり、84頁　またたちかへる水無月の歎きをたれにかたるべき　沙羅のみづ枝に花さけばかなしき人の目ぞ見ゆる（澄江生）、97頁『侏儒の言葉』表紙、100頁　一籃の暑さ照りけり巴旦杏、116頁　水虎晩帰之図、117頁　蒲の穂はなびきそめつつ蓮の花、130頁　野茨にからまる萩の盛りかな（我鬼）】

阿部知二　あべ・ともじ
一九〇三（明治三六）〜一九七三（昭和四八）。小説家・評論家・英文学者。【166頁　あをみたる黄の臘梅の花ひらく庭の茂みは雪にけぶれり】

有島武郎　ありしま・たけお
一八七八（明治一一）〜一九二三（大正一二）。小説家。【52頁　我も見し人にも見せしほろほろと風なき谷に散る桜花、90頁　明日知らぬ命の際に思ふこと色に出づらむあぢさいの花、158頁　霜白き河原に生へる野茨の赤き実こそは冬に親しき】

安藤一郎　あんどう・いちろう
一九〇七（明治四〇）〜一九七二（昭和四七）。詩人・英文学者。【74頁　薔薇詩篇　若い薔薇たち、75頁　詩稿　薔薇の中に】

安東次男　あんどう・つぐお
一九一九（大正八）〜二〇〇二（平成一四）。詩人・俳人・批評家。【78頁　とちの花眠りどほしの羽前道】

井上唖々　いのうえ・ああ
一八七八（明治一一）〜一九二三（大正一二）。小説家・俳人。【129頁　桔梗の図（玉山）】

井上井月　いのうえ・せいげつ
一八二二（文政五）〜一八八七（明治二〇）。俳人。【118頁　駒ヶ根に日和定めて稲の花】

岩橋邦枝　いわはし・くにえ
一九三四（昭和九）〜　作家。【132頁　エッセイ「花の名前」】

上田敏　うえだ・びん
一八七四（明治七）〜一九一六（大正五）。評論家・外国文学者・詩人。【86頁「わすれなぐさ」】

小穴隆一　おあな・りゅういち
一八九四（明治二七）〜一九六六（昭和四一）。洋画家。【97頁　芥川龍之介『侏儒の言葉』装幀】

大西民子　おおにし・たみこ
一九二四（大正一三）〜一九九四（平成六）。歌人。【60頁　ひといろに昏れて影なす苧環の花踏み分けて遁れ得べしや、61頁　葱の花しろじろと風にゆれあへりもどるほかなき道となりつゝ、89頁　内実にそぐはぬ顔を持ち歩く朴あれば朴の花仰ぎつゝ】

岡野弘彦　おかの・ひろひこ
一九二四（大正一三）〜　歌人。【48頁　桜の花ふゝむ幾夜をほれぼれとをとめを恋ふるごとくをりにき】

小川未明　おがわ・みめい
一八八二（明治一五）〜一九六一（昭和三六）。小説家・童話作家。【38頁　荒原に春来て草芽を生ず　石多くして花咲く能はず】

加藤克巳　かとう・かつみ
一九一五（大正四）〜二〇一〇（平成二二）。歌人。【28頁　子を生みてうつろなひとみアネモネのむらさきいろよりさらに恋ほしき】

加藤楸邨　かとう・しゅうそん
一九〇五（明治三八）〜一九九三（平成五）。俳人。【83頁　鬱々と牡丹の闇を満たしをり】

加藤幸子　かとう・ゆきこ
一九三六（昭和一一）〜　作家。【141頁　エッセイ「野生園の秋祭り」】

金子兜太　かねこ・とうた
一九一九（大正八）〜　俳人。【23頁　梅咲いて庭中に青鮫が来ている】

上司小剣　かみつかさ・しょうけん
一八七四（明治七）〜一九四七（昭和二二）。小説家。【156頁　山茶花やふるさと遠き奈良茶粥】

河東碧梧桐　かわひがし・へきごとう
一八七三（明治六）〜一九三七（昭和一二）。俳人。【79頁　独帰る道すがらの桐の花おち】

北原白秋　きたはら・はくしゅう
一八八五（明治一八）〜一九四二（昭和一七）。詩人・歌人。【62頁　いつしかに春のなごりとなりにけり昆布ほしばのたんぽぽの花、80頁『桐の花』、81頁　白南風のてりはのばらすぎにけりかはづのこゑも田にしめりつゝ】

木下杢太郎　きのした・もくたろう
一八八五（明治一八）〜一九四五（昭和二〇）。詩人・劇作家・小説家・医学者。【46頁　こぶし、86頁　わすれなぐさ】

栗木京子　くりき・きょうこ
一九五四（昭和二九）〜　歌人。【102頁　エッセイ「爪紅の花」、105頁　みづからをこの世にすべて零し終へ消ゆればたのし鳳仙花咲く】

黒井千次　くろい・せんじ
一九三二（昭和七）～　作家。【138頁　エッセイ「時代の花」】

黒田杏子　くろだ・ももこ
一九三八（昭和一三）～　俳人。【32頁　エッセイ「草や木の名前を知る人生」、168頁　水仙のひとかたまりの香とおもふ】

斎藤茂吉　さいとう・もきち
一八八二（明治一五）～一九五三（昭和二八）。歌人。【115頁　ゆたかなる園の茅原に白妙の茅花そよぎて夏は深しも、159頁　ゆふされば大根の葉にふる時雨いたく寂しく降りにけるかも】

坂元雪鳥　さかもと・せっちょう
一八七九（明治一二）～一九三八（昭和一三）。能楽評論家。【22頁　紅白の梅も処を得たる庭】

佐々木味津三　ささき・みつぞう
一八九六（明治二九）～一九三四（昭和九）。小説家。【149頁　白菊や独り咲きたるほこらしさ】

佐佐木幸綱　ささき・ゆきつな
一九三八（昭和一三）～　歌人。【54頁　エッセイ「梅の歌・桜の歌」、58頁　満開の桜ずずんと四股をふみわれは古代の王としてたつ】

佐藤春夫　さとう・はるお
一八九二（明治二五）～一九六四（昭和三九）。詩人・小説家・評論家。【76頁「ためいき」、146頁「断章」】

渋沢青花　しぶさわ・せいか
一八八九（明治二二）～一九八三（昭和五八）。編集者・児童文学者。【53頁　美しき尼僧と語り当麻寺桜しぐれを浴びて歩めり】

新川和江　しんかわ・かずえ
一九二九（昭和四）～　詩人。【169頁「花鎮め」、170頁「ふゆのさくら」】

杉田久女　すぎた・ひさじょ
一八九〇（明治二三）～一九四六（昭和二一）。俳人。【93頁　谺して山ほとゝぎすほしいまゝ、94頁　草むらや露くさぬれて一ところ】

田岡典夫　たおか・のりお
一九〇八（明治四一）～一九八二（昭和五七）。小説家。【127頁　月見草明治の恋を語るべし（竹斗）、157頁　山茶花や忘れることも老いの芸（竹斗）】

鷹羽狩行　たかは・しゅぎょう
一九三〇（昭和五）～　俳人。【160頁　人の世に花を絶やさず返り花、161頁　エッセイ「花の季語」】

高橋英夫　たかはし・ひでお
一九三〇（昭和五）～　文芸評論家。【152頁　エッセイ「現代詩人と花」】

高浜虚子　たかはま・きょし
一八七四（明治七）～一九五九（昭和三四）。俳人・小説家。【59頁　一片の落花見送る静かな】

高見順　たかみ・じゅん
一九〇七（明治四〇）～一九六五（昭和四〇）。詩人・小説家。【110頁　ハコネバラ（サンショウバラ）など、110頁　ホタルブクロ、112頁　ヨツバヒヨドリバナ、113頁　とりかぶと、114頁　ヤナギラン】

高村光太郎　たかむら・こうたろう
一八八三（明治一六）～一九五六（昭和三一）。詩人・彫刻家。【37頁　第二次「明星」扉絵】

瀧井孝作　たきい・こうさく
一八九四（明治二七）～一九八四（昭和五九）。小説家・俳人。【107頁　朝顔や日でりつゞきの朝の晴】

竹西寛子　たけにし・ひろこ
一九二九（昭和四）～　作家。【66頁　エッセイ「ひなげしの晶子」】

竹久夢二　たけひさ・ゆめじ
一八八四（明治一七）～一九三四（昭和九）。画家・詩人。【126頁　待てど暮せど来ぬ人を待宵草のやるせなさ　今宵は月も出ぬさうな】

太宰治　だざい・おさむ
一九〇九（明治四二）～一九四八（昭和二三）。小説家。【101頁「桜桃」原稿】

谷崎潤一郎　たにざき・じゅんいちろう
一八八六（明治一九）～一九六五（昭和四〇）。小説家。【49頁　やまざとは桜吹雪に明暮れて花なき庭も花ぞちりしく】

土屋文明　つちや・ぶんめい
一八九〇（明治二三）～一九九〇（平成二）。歌人。【98頁　ゆくりなくつみたる草の薄荷草思ひにたへぬ香をかぎにけり】

壺井栄　つぼい・さかえ
一八九九（明治三二）～一九六七（昭和四二）。小説家。【40頁　どこに散っても必ずそこに根を下しかぢかまぬ姿で花を咲かせるたんぽぽ】

永井荷風　ながい・かふう
一八七九（明治一二）～一九五九（昭和三四）。小説家。【18頁　青竹のしのび返しや春の雪、19頁　まだ咲かぬ梅に対する一人かな、82頁　牡丹散ってまた雨をきく庵かな、85頁　書　森鷗外作「沙羅の木」、128頁　春信の柱絵古りぬ窓の秋（金阜）、148頁　龍胆や山の手早く冬隣る（敗荷）】

永田和宏　ながた・かずひろ
一九四七（昭和二二）〜　歌人。【122頁　たったひとり君だけが抜けし秋の日のコスモスに射すこの世の光、123頁　エッセイ「植物音痴」】

長塚節　ながつか・たかし
一八七九（明治一二）〜一九一五（大正四）。歌人・小説家。【106頁『土』表紙】

中野重治　なかの・しげはる
一九〇二（明治三五）〜一九七九（昭和五四）。小説家・詩人。【44頁　はくもくれん、44頁　デンドロビウム・N（ノビレ）、88頁　ハナクチナシ、137頁「歌」】

中村稔　なかむら・みのる
一九二七（昭和二）〜　詩人。【47頁「満開のサクラに降る雨の中で」、151頁「ツワブキの花一輪」】

夏目漱石　なつめ・そうせき
一八六七（慶應三）〜一九一六（大正五）。小説家。【13頁　日似三春永　心随野水空　牀頭花一片　閑落小眠中、17頁　墨梅、50頁　よその花よそに見なして雁のゆく、150頁　あるほどの菊なげ入れよ棺の中】

西脇順三郎　にしわき・じゅんざぶろう
一八九四（明治二七）〜一九八二（昭和五七）。詩人・英文学者。【92頁　夏至もすぎた頃　なかなかまどの花の咲く　雲のうすくたれさがる　窓ははるかに、145頁　あかのまんまの咲く小路にふみ迷う秋の日】

新田次郎　にった・じろう
一九一二（明治四五）〜一九八〇（昭和五五）。小説家。【45頁　山々はまだ雪白く小梨咲く】

萩原朔太郎　はぎわら・さくたろう
一八八六（明治一九）〜一九四二（昭和一七）。詩人。【29頁「ソライロノハナ」】

馬場あき子　ばば・あきこ
一九二八（昭和三）〜　歌人。【77頁　ぶだうの花ちりてまさをき夕ぐれの愛のはじまるごときさびしさ】

馬場孤蝶　ばば・こちょう
一八六九（明治二）〜一九四〇（昭和一五）。英文学者・随筆家。【109頁　風吹けば野の深みどり波だちて鷗の如くうかぶしら百合】

浜田廣介　はまだ・ひろすけ
一八九三（明治二六）〜一九七三（昭和四八）。児童文学者。【39頁　つよいたんぽぽやさしいすみれこれがお国の野の花よ】

林芙美子　はやし・ふみこ
一九〇三（明治三六）〜一九五一（昭和二六）。小説家・詩人。【171頁　花のいのちはみじかくて苦しきことのみ多かりき】

原子朗　はら・しろう
一九二四（大正一三）〜　詩人。【42頁　書　山村暮鳥「風景　純銀もざいく」】

原民喜　はら・たみき
一九〇五（明治三八）〜一九五一（昭和二六）。詩人・小説家。【119頁「碑銘」】

阪正臣　ばん・まさおみ
一八五五（安政二）〜一九三一（昭和六）。歌人。【16頁　としたてば春ぞまたゝる春たゝばまた鶯のこゑやまたれむ】

日野草城　ひの・そうじょう
一九〇一（明治三四）〜一九五六（昭和三一）。俳人。【71頁「薔薇のある事務室」　句稿】

平福百穂　ひらふく・ひゃくすい
一八七七（明治一〇）〜一九三三（昭和八）。歌人・画家。【106頁　長塚節著『土』装幀】

深尾須磨子　ふかお・すまこ
一八八八（明治二一）〜一九七四（昭和四九）。詩人。【24頁「早春」、41頁「復活祭」】

福永武彦　ふくなが・たけひこ
一九一八（大正七）〜一九七九（昭和五四）。小説家。【137頁　イヌタデ、アカノマンマ／ハナタデ】

前登志夫　まえ・としお
一九二六（大正一五）〜二〇〇八（平成二〇）。歌人。【108頁　銀漢の闇にひらける山百合のかたはら過ぎてつひに山人】

馬淵美意子　まぶち・みいこ
一八九六（明治二九）〜一九七〇（昭和四五）。詩人。【135頁「ひがん花」、136頁「萩」】

三好達治　みよし・たつじ
一九〇〇（明治三三）〜一九六四（昭和三九）。詩人。【27頁　せきれいのよけて走りし落椿、46頁「山なみとほに」】

室生犀星　むろう・さいせい
一八八九（明治二二）〜一九六二（昭和三七）。詩人・小説家。【20頁　紅梅生けるをみなの膝のうつくしき、21頁　井戸端や墨の手洗ふ梅の花、96頁『つゆくさ』装幀、99頁　あんずあまさうな　ひとはねむさうな、131頁　江漢の墓も見ゆるや茨の中】

森鷗外　もり・おうがい
一八六二（文久二）〜一九二二（大正一一）。小説家・評論家・翻訳家。【85頁「沙羅の木」】

柳原白蓮　やなぎはら・びゃくれん
一八八五（明治一八）〜一九六七（昭和四二）。歌人。【95頁　ゆればみだれみだるればちる露草のまたなくかなし筑紫野のみち】

山口蓬春　やまぐち・ほうしゅん

一八九三（明治二六）～一九七一（昭和四六）。日本画家。【96頁　室生犀星著『つゆくさ』装画】

山村暮鳥　やまむら・ぼちょう

一八八四（明治一七）～一九二四（大正一三）。詩人。【42頁　「風景　純銀もざいく」】

与謝野晶子　よさの・あきこ

一八七八（明治一一）～一九四二（昭和一七）。歌人・詩人・評論家。【65頁　ちる時もひらく初めのときめきを失はぬなりひなげしの花、70頁　高力士候ふやとも目をあげていひいでぬべき薔薇の花かな、87頁　有島武郎あて書簡、167頁　白鳥が生みたる花のここちして朝夕めづる水仙の花】

与謝野寛　よさの・ひろし

一八七三（明治六）～一九三五（昭和一〇）。歌人・詩人。【26頁　手ずれたる銀の箔をば見るごとくまばらに光る猫柳かな】

若山牧水　わかやま・ぼくすい

一八八五（明治一八）～一九二八（昭和三）。歌人。【72頁　薔薇を愛するはげに孤独を愛するなりき　わが悲しみを愛するなりき、73頁　われ素足に青の枝葉の薔薇を踏まむ　悲しきものを滅ぼさむため、147頁　かたはらに秋くさの花かたるらくほろびしものはなつかしきかな】

掲載資料寄贈・寄託者、協力者（敬称略）

青木優子、芥川耿子、芥川比呂志、
芥川瑠璃子、麻田宏、阿部信雄、
有島生馬、安東多惠子、安藤と志、
安藤洋一、石川雄子、石光章、
岩田叶子、鰀目卯女、遠藤洋子、
岡本ちよ、小田切瑛子、越智二良、
加藤公市、加藤忍、加藤正芳、
金井鶴秋、上司延秋、亀井書彦、
観世恵美子、庫田叕、倉田永子、
小瀧穆、小町谷新子、小宮恒子、
菰池佐一郎、エドワード・G・
　サイデンステッカー、
斎藤りょうこ、坂元八千代、
佐久間淑子、佐々木基一、
佐々木方子、佐藤茂子、芝木幸子、
柴生田家、下島友子、相馬文子、
高見秋子、高柳宏、武田満子、
田中規子、玉井義子、津島美知子、
土屋安見、中野操子、西脇順一、
練木京子、萩原葉子、浜田留美、
浜本澄夫、藤沢典子、藤原てい、堀江文、
前順子、水野成夫、宮崎蕗苳、
三好和子、村上早苗、室生朝子、
山之内正彦、与謝野光、与謝野迪子

＊

公益財団法人埼玉県芸術文化振興財団
さいたま市
公益財団法人ＪＲ東海生涯学習財団
公益財団法人高見順文学振興会
一般社団法人日本児童文芸家協会
宗教法人
　日本同盟基督教団軽井沢キリスト教会

花々の詩歌

2013年4月15日　第1刷印刷
2013年4月20日　第1刷発行

編者｜公益財団法人 日本近代文学館

発行人｜清水一人

発行所｜青土社
〒101-0051　東京都千代田区神田神保町1-29　市瀬ビル
電話｜03-3291-9831（編集）　03-3294-7829（営業）
振替｜00190-7-192955

印刷所｜ディグ（本文）
方英社（カバー・表紙）
製本所｜小泉製本

Printed in Japan
ISBN978-4-7917-6694-9　C0095